KB213469

음악을 한다는 것은

음악을 한다는 것은

김보미 에세이

북하우스

프롤로그

중학교 때 해금을 처음 잡았으니 그로부터 30여 년이 흘렀다. 사실 예인들의 세계에서 보면 대단한 공력은 아니다. 예술가의 삶이라는 길고 긴 레이스에서 이제 막 중간 지점을 통과한 정도라고 할 수 있다. 그래서 이 책을 쓰는 과정에서 걱정이 많았던 것이 사실이다. 특출나게 뛰어난 솔리스트도 아니고 그렇다고 대단한 인기를 끈 유명인도 아니기에 '근사한 기록을 남길 정도는 못되지 않은가'라는 생각에 문장을 써내려가기가 어려웠다.

그러다 문득 내가 진행하는 라디오 프로그램에 사연을 보내는 청취자들의 이야기가 떠올랐다. 그 닮은 듯 서로 다른 삶의 풍경들을 마주하면 다채롭고 내밀한 이야기에 마음이 속수무책으로 말랑해졌다. 누군가에게 건네는 삶의 한 조각은 비록 모습이 다르고 표정은 다를지라도 더없이 포근한 위로가 될 수 있음을, 나는 그들의 이야기를 통해 깨닫게 되었다. 그러고는 마침내 용기 내어 내 이야기를 마저 써내려갈 수 있었다. 우리 일상에서 마주하기엔 낯선 악기인 해금을 들고 조금은 다른 궤적을 그리며 살아온 내 이야기도 누군가에게는 보통의 위로로 가닿을 수 있을 것이라 생각하며.

'잠비나이'라는 밴드의 일원으로 해금을 짊어지고 세상을 떠돌기 전까지만 해도 예술이란 매우 특별해서 선별된 사람들만이 세상에 남길 수 있는 족적이라 생각했다. 그래서 그 선별된 무리 안에 끼고 싶어 무던히도 발버둥을 쳤던 어린 시절이 있었다. 그러나 세상 밖으로 나와 더 많은 음악을 만나고 각기 다른 자연에 속해보면서 예술은 길가에 아무렇게나 놓인 돌 틈 사이에서도 피어날 수 있는 것임을 알게 되었다. 그렇게 예술은 사소한 것을 따뜻하고 사랑스럽게 바라보는 것으로부터 시작한다는 것을 이 작은 해금이 알려주었다. 가까이에 있는 소리들을 모아 음을 만들고 음악으로 엮어 나가며 연주를 통해 결국 먼 곳까지 닿을 수 있는 다리를 만드는 일. 그리하여 우리 모두가 음악이라는 울타리 안에서 같은 감정을 공유하고 위로하며 서로를 살게 하는 일. 이 아름다운 일이 내가 하는 일임을 깨닫는 순간순간마다 보람과 책임을 느낀다.

이 책은 '음악을 한다는 것'은 나아가 '삶을 산다는 것'과 결코 다르지 않음을 몸으로 부딪혀 끝내 알아낸 이의 담담한 고백과도 같다고 할 것이다. 끊임없이 한계와 마주하며 싸우고 이겨내고 확장하고, 무너지면 다시 일어나고, 무척 자주 외롭다고 느끼지만 돌아보면 수많은 사람들이 내가 걷는 길에 동행하였음을 알게 되는 것, 음악과 삶이 아주 닮아 있다. 나는 조금은 다른 길에서 깨닫게 된 것들이지만 각자가 주어진 재능으로 살아가는 길 위에서 깨닫는 모든 감정과 사랑은 우리의 인생의 길 아래에서 끈끈하게 연결되어 있음을 느낀다. 그래서 이 책을 쓸 수 있었던 것 같다. 나와는 무관해 보이는 삶일지라도 우리는 인간이기에 서로 다른 삶의 어느 순간이 불현듯 나에게 큰 위로로 다가올 수 있음을 해금과 함께하는 시간 동안 알게 되었다. 나의 글 역시 누군가에게 그러하기를 바란다.

차
례

1부

음악을 한다는 것은

음이 쌓이다

       화음. 입체적이고 다채로운 것. 어린 시절에 내가 생각하는 음악이란 소리를 쌓아 만드는 것이었다. 초등학생 때 몇 년간 몸담았던 합창단 활동으로 더욱 굳어진 생각이었다. 하나의 음악 안에는 수많은 결이 존재했고, 그 결은 때론 확장되고 때론 축소되면서 미감을 만들어갔다.

       이런 개념에 큰 균열이 생긴 건 초등학교 5학년 때 본 영화 한 편으로부터였다. 그때만 해도 영화를 개봉하면 담벼락에 홍보 포스터들이 다닥다닥 붙곤 했다. 어느 날 길거리에 아무렇게나 붙은 영화 포스터 한 장에 완전히 빨려 들어갔다. 처연하게 어딘가 응시하는 여인. 여인은 보고 있으나, 보고 있지 않았다. 포스터엔 '서편제'라고 쓰여 있었다.

부모님과 함께 종로의 단성사 극장으로 향했다. 초록의 싱그러움이 가득한 거리, 여름방학이 곧 시작되려 하고 있었다. 익숙한 세계가 깨지면 보통은 두 가지 결론이 난다. 찬란히 아름답거나 대단히 위험하거나.《서편제》에서 만난 이상하고도 아름다운 소리의 세계는 압도적으로 전자였다. 참을 수 없을 만큼 그 세계가 궁금해졌다. 왜 소리를 저렇게 내는 걸까? 왜 이상하게 소리를 내는데도 시끄럽지 않은 걸까? 소리가 구불구불 질척거리는데 왜 눈물이 나는 걸까? 나는 울고 있었다. 음악을 들으면서 눈물을 흘린 건 처음이었던 것 같다. 오로지 혼자 부르는 그 노래가 자꾸 가슴을 할퀴고 갔다. 초등학생의 인생이랄 것에 무슨 설움이 그리 많겠냐마는, 겪지도 않은 인생의 굴곡을 소리 안에서 간접적으로 체험하는 것 같은 기분이 들었다. 주인공의 아픔이 얹힌 소리에서는 때때로 통곡이 섞여 나왔다. 내가 생각하던 아름다운 소리의 기준, 그 정반대의 길로 소리꾼은 내 멱살을 잡고 거침없이 달렸다.

집으로 가는 길에 부모님을 졸라 국악 음반 한 장을 샀다. 영화의 여운을 잃고 싶지 않아서였다. 왜 하필이면 그 음반이었을까. 운명은 늘 저만치 먼저 가서 때를 기다리고 있다. 고사리 손으로 그 음반을 꺼내 들기를 얼마나 기다리고 있었을지. 우연히 집어든 음반은 아직도 명반으로 회자되는 김소희 명창의 『口畜(입소리)』이었다. 삶의 굴곡이 느껴지는 음반 아트워크처럼 그의 목소리에는 어떤 세계가 있었다. 그 세계는 어떤 날은 맑기도, 어떤 날은 흐리기도 했다. 풍랑이 거센 날도 있었고 눈이 내리는 날도, 꽃비가 흐드러지는 날도 있었다. 음반을 통째로 외워버리는 건 결코 어려운 일이 아니었다.

《서편제》 사건 이후 판소리에 사로잡혔다. 소리를 듣고, 듣고, 또 듣다가 끝내 배우고 싶어서 국립국악중학교에 지원했다. 마침 집 근처에 있는 데다, 소녀의 부푼 꿈과 잘 어울리는 가로수 등굣길이 아름다운 학교였다. 판소리를 배우고 싶었다. 명창의 소리처럼 내 세계를 목소리에 얹어보고 싶었다. 그러나 당시 국악중학교에는 판소리 전공이 없었다. 악기를 선택해야 한다고 했다. 판소리가 좋아 무작정 지원했지만, 인생에서 악기를 다룬다는 것은 한 번도 생각해본 적 없는 일이었다. 계속 노래를 해왔으니까. 어떤 악기가 배정되어도 크게 다르지 않을 것 같았다. 가야금, 거문고, 대금, 피리, 해금, 이 다섯 악기 중에서 해금을 선택했다.

해금은 예민한 악기였다. 두 줄밖에 없는 데다 누르는 대로 소리가 나는 바람에 음정 맞추기가 여간 까다로운 게 아니었다. 초등학교를 졸업할 때까지 집에서 '털팔이(잘 덜렁대는 사람을 놀려 부르는 경상도 사투리)'로 불리던 나와는 정말이지 안 맞는 악기였다.

게다가 학교에서는 생각했던 것과는 전혀 다른 음악을 배웠다. 『서편제』와 김소희 명창의 음반에서 겪은 세계와는 다른 음악을. '정악(正樂)'이라고 했다. 느리고 정제되어 있으며 때론 엄격한 음악. 반가에서 수양을 위해 연주하기도 했다는 음악. 영화와 음반에서 만났던 소리의 세계는 거칠고 강했다. 삶의 풍파와 절망과 초연이 한데 뒤섞인 그 소리가 궁금해서 들어간 학교였지만 현실은 지루하기만 했다. 후에 한 학년이 오른 후에 비로소 관련 음악 장르를 배우게 되었는데 '산조(散調)'라고 했다. 산조는 민속악(民俗樂)의 한 갈래로 분류된다. 민속악은 백성의 삶과 가까이 있었던 음악, 즉 울고 웃고 살고 죽는 모든 순간에 함께한 삶의 음악이다.

지금은 정악에 스민 아름다움을 안다. 결코 지루하거

나 멈춰 있거나 나태하지 않은 느림의 미학을. 그러나 늘 감정을 표현하며 노래를 불러온 말괄량이에게 절제란 감내하기 어려운 숙제였다. 연습을 하며 나름대로 느껴지는 흥취를 활대에 얹어보곤 했지만 수업 시간에 늘 꾸중을 들었다. 선생님은 몸을 움직이지 말라고 했다. 반듯하게 흔들림 없이 연주하라고. 그러나 그것은 어린 마음에 어쩐지 죽어 있는 소리를 모으는 일같이 느껴지기도 했다. 하기 싫은 일을 하는 것을 견디지 못했던 건 중학교 때도 여전했던 모양이다. 역동적으로 살아 움직이는 것 같은 소리의 질감을 찾는 일만이 궁금했다. 잠들어 있는 것 같은 소리라 할지라도 여러 표정이 있고 그 표정에 깃든 저마다의 아름다움을 찾아내 그 형태를 다시 빚어내는 것이 예술가의 할 일이라는 것을 알 턱이 없었다. 나는 도통 해금과 정악에 취미를 붙이지 못했다.

2학년에 올라가서 비로소 민속악의 한 갈래인 산조를 배우기 시작했지만 해금에는 여전히 흥미를 붙이지 못한 상태였다. 학교에서 배우는 음악이 지루하니 학교 밖에 있는 음악을 찾아 들었다. 라디오에서 음악이 흘러나오면 카세트테이프에 녹음을 했다. 전람회의 「기억의 습작」과 쿨리오의 「갱스터스 파라다이스」가 앞뒷면으로 공존했다. 나는 카세트테이프처럼 낭만과 절망이 공존하는 시간을 보냈다. 낮에는 전통음악을 공부했고 밤에는 힙합을 들었다. 단정하고 품위 있는 시간을 보내고 나면 어둠으로 침잠하는 시간을 꼭 보충해야 했다. 사춘기는 그렇게 절제와 균형, 해방과 침잠이 뭉뚱그려진 혼돈의 터널을 관통하며 지나갔다.

고등학교 때도 딱히 해금에서 재미를 찾지는 못했다. 그때쯤엔 좋아했던 판소리 듣기도 시들했다. 어차피 해금을 해야 하는데 판소리라는 오르지 못할 나무를 쳐다보는 것만 같아서 속상했다. 당시 고등학교 과정에는 판소리가 있었다. 판소리를 전공하고자 했던 몇몇의 친구들은 중학교 때 가야금을 전공했다. 소리꾼 가운데 가야금병창을 하는 사람도 종종 있으니 전혀 다른 전공을 선택하는 것보다는 가야금을 배우는 것이 향후 조금이라도 유익할 것이었다. 가야금을 전공하던 친구 몇 명이 판소리로 전공을 바꾸어 고등학교에 진학했다. 그 친구들이 너무 부러웠다. 친구들은 가야금 레슨도 받고 고등학교 진학을 위한 판소리 레슨도 받았다. 아버지의 사업이 기울면서 해금 레슨을 받는 것도 여유롭지 않았으니 판소리 레슨을 추가로 받는 건 꿈도 못 꿀 일이었다. 하고 싶

은 걸 하지 못하는 건 꽤나 우울하다. 즐거움을 찾을 길
이 요원해지는 것과도 같다. 더욱이 자신이 선택한 상황
이 아니라면 더더욱. 해야 하니까 하는 '해금하기'가 이
어지는 날들이었다.

고3이 되고 입시가 코앞으로 다가왔다. 도통 해금에 마
음을 붙이지 못하는 나를 보다 못한 전공 선생님이 새로
운 레슨 선생님을 소개시켜주셨다. 서울에는 국악을 전
문적으로 가르치는 고등학교가 두 곳 있는데, 한 곳은 궁
중음악과 정악에 뿌리를 둔 모교였고, 다른 한 곳은 해방
후 민속악의 거장들이 모여 설립한 민속악 중심의 학교
였다. 앞서 언급한 김소희 명창이 후자의 학교를 만든 설
립자 중 한 분이기도 하다. 새로 만나게 된 김성희 선생
님은 이 학교를 졸업하신, 민속악의 계보를 잇는 분이었
다. 선생님과 공부하면서 짧지만 지루했던 그동안의 해
금 세월을 전복하는 경험을 하게 됐다. 어린 시절 강렬하
게 사로잡힌, 그토록 궁금했던 그 소리의 공부가 드디어
시작된 것이다.

선생님은 입시곡인 산조를 가르치시다가도 막히는 부
분이 있으며 과감히 진도 나가기를 중단하고 소리의 모
태가 어디인지를 가르쳐주었다. 소리의 근원을 알아야

가락 속에 숨은 의도를 파악하고 후에 자유로운 변주가 가능하다고 했다. 선생님은 입시가 채 몇 달 남지 않은 상황에서 모든 걸 중단하고 역으로 파고들어가는 길을 택했다. 결과적으로는 지름길이었다. 산조는 짜여진 장단의 틀에 개인의 가락을 얹어 구성한다. 오래전부터 존재했던 음들이지만 개인의 연주 스타일에 따라 다르게 직조되기 때문에 그 산조를 구성한 사람의 음악적 성향이 고스란히 드러나는 음악 장르이다. 일생을 두고 하나의 산조, 자신의 이름을 건 산조를 구성하기에 개인의 모든 음악적 테크닉이 총망라되어 있다. 그러다 보니 연주자의 기량을 가늠할 수 있는 최고의 곡으로 매년 입시 시험에서 빠질 수가 없는 것이다.

선생님과 함께 산조 가락이 만들어진 배경을 공부했다. 어떤 환경에서 그 산조가 태어났는지를. 나는 늘 '왜?'가 궁금한 사람이었다. 아무도 그 가락을 왜 그렇게 연주해야 하는지 알려주지 않았는데 선생님과 함께 산조가 아닌 다른 민속악들을, 이를테면 산조의 조상과 친척들을 연습하고 공부하며 그 가락을 왜 그렇게 연주해야 하는지와 더불어 산조 전반에 대해 이해할 수 있게 되었다. 소리의 근원을 알고 바라본 산조는 완전히 다른 음악이었다. 연습할 시간이 부족할 정도로 산조가 재밌어졌다. 하루가 너무 짧았다. 먼 길을 돌아 드디어 마주한 소리 찾기는 너무나 소중했다. 진짜 공부가 뒤늦게 시작된 것이다.

고3 내내 믿을 수 없이 성적이 올라 원하는 대학에 합격했다. 한예종은 수능보다 앞서 입시를 치르기에 합격한 후엔 책을 읽기도 하고 수능 공부를 하는 친구들을 응원하기도 하며 평화로운 일상을 보냈다. 수능이 끝나고 친구들의 진학도 어느 정도 정리가 된 어느 겨울, 반 친구 한 명이 비디오를 빌려왔다. 왕가위 감독의 영화《해피투게더》였다. 부에노스 아이레스를 배경으로 하는 영화에서는 내내 아스토르 피아졸라(아르헨티나의 춤곡인 탱고를 세계적인 음악으로 끌어올린 작곡가)의 탱고 음악이 흘렀다. 꿉꿉하고 끈적하게 눌러 붙은 피딱지처럼 우울한 반도네온 소리가 공기를 타고 흘렀다. 교실 창밖엔 먹구름이 잔뜩 끼었던 것도 같다. 쨍하게 화창한 날 그 음악을 만났다면 어땠을까? 우중충한 날씨, 입시가 끝났다는 나른함, 새로운 음악에 대한 호기심으로 향후 오랜 시간 사랑에 빠질 피아졸라와의 첫 만남이 시작되고 있었다.

대학에 진학하고 치열하게 20대를 보내면서도 놓지 않

았던 음악, 피아졸라에 대한 열정은 해금 연주에까지 영향을 미쳤다. 너무 좋아하니까 나도 그 곡을 연주해보고 싶었다. 오래전《서편제》와 김소희 명창의 소리를 듣고 느꼈던 감정이 다시 피어올랐다. 그러나 악보를 구하기 쉽지 않았다. 구할 수 없는 악보는 귀로 듣고 채보했다. 채보한 바이올린 혹은 첼로 선율의 악보를 보며 해금으로 연주했다. 롤러코스터를 타듯 굴곡진 표현을 따라 하다 보면 해금으로도 다양한 감정의 채도를 만들어낼 수 있었다. 해금은 특히나 그런 다이내믹한 표현에 최적화된 악기이다. 양극점을 오가는 연주에 대한 트레이닝이 이때 많이 된 것 같다. 피아졸라 탱고를 연주한 수많은 뮤지션의 음반을 모으며 그들이 연주한 다른 작곡가의 곡들까지도 경계 없이 섭취했다. 이 음악의 사슬은 재즈와 월드뮤직에까지 도달해서, 20대 때에는 아르바이트로 번 돈을 음반 사는 데 거의 다 써버리기도 했다. 지금은 나의 큰 자산이다. 내 안의 음악 저장고가 이때만큼 폭증한 때는 없었다.

잠비나이 활동을 시작하고 전 세계 수많은 페스티벌과 공연장을 다니며 공연을 보고 음악을 들으면서, 지금은 딱히 즐겨 듣는 장르라든가 지난날처럼 심취하게 되는 음악은 없다. 열정이 없어졌다기보다는 여러 장르의 음악을 듣다 보니 모든 음악에서 그만의 아름다움을 찾아내는 눈과 귀가 생겼다고나 할까. 그래도 여전히 처음 만나는 낯선 세계는 매혹적이다. 심취하지는 않지만 노력해서 새로운 음악을 찾아 들으려고 한다. 아름다움에 대한 기존의 기준을 부숴버리는 음악은 지금 이 시간에도 계속해서 탄생하고 있기 때문이다. 나의 음악 인생이 끝나는 순간은 언제일까, 생각해본 적이 있다. 아마도 그날은 새로운 음악 듣기를 멈추는 날이 아닐까?

왜 해금이었을까

국악중학교에 입학한 후 악기를 선택했다. 강당이 곧 공연장이었던 모교에서는 신입생이 들어오면 전공 악기를 정하는 데 도움을 주기 위해 악기 오리엔테이션을 진행했다. 선배들이 각 악기를 소개하며 짤막한 곡들을 들려주었다. 국악기의 소리를 라이브로는 처음 들었는데 완전히 신세계였다. 외관을 보고 상상한 소리와는 전혀 다른 소리를 내는 악기도 있었다. 이를테면, 피리는 나무젓가락보다 조금 길고 두꺼운 외관을 가졌는데 모든 국악기 소리를 압도할 만큼 음량이 컸다.

해금을 그때 처음 보았다. 상상해본 적 없던 음색이 악기에서 흘러나왔다. 인생에서 경험하는 강렬한 몇몇 순간들은 좋은 쪽이든 나쁜 쪽이든 오래도록 기억에 남는다. 해금을 처음 봤을 때의 순간이 여전히 기억에 선명한 걸 보면 그 순간 이미 내 길은 정해진 것인지도 모른다.

밝은 조명 아래 반짝이던 해금은 요염했다. 주먹보다 살짝 큰 나무통에 길쭉한 대가 꽂혀 있고, 줄을 감아 고정시키는 두 개의 장치 위로 뻗은 대는 끝이 안쪽으로 살짝 휘어 우아했다. 언뜻 보면 팽팽하게 당겨진 활시위 같기도 했다. 두 줄 사이로, 느슨하기도 하고 조이면 팽팽해지기도 하는 활이 걸려 있었다. 해금을 연주하는 선배는 활을 밀고 당기며 바깥으로 안으로 줄을 마찰시켜 소리를 냈다. 짧은 연주가 끝나고 해금을 간략히 설명할 때 보니 악기 아래를 받치고 있는 통 속이 비어 있었다. 그 빈 공간으로 소리가 공명이 되어 울린다고 했다. 대나무 뿌리를 옆으로 눕혀 그 사이를 관통해 대를 세운 울림통은 꽤나 충격적이었다. 대나무로 만든 줄 몰랐을 때는 통이 뚫려 있을 거라 상상하지 못한 탓이었다. 통 속이 비어 있으니 소리를 만들어내기 위해서는 한쪽 면을 막아야 했다. 오랜 시간 잘 말리고 다듬은 '복판'이라 부르는 오동나무 판으로 대나무 울림통의 한쪽을 막아놓았다. 소리 폭의 넓고 좁음은 이 복판의 성질로 결정된다. 조

금 무른 나무라면 소리의 폭이 넓고 개방감이 있는 소리
가, 단단한 나무라면 소리의 폭이 좁지만 맑고 짱짱한 소
리가 난다. 울림통을 관통해 그 위로 길게 뻗은 대는 '입
죽(立竹)'이라 했다. 두 줄을 지탱하고, 왼손을 대에 감아
서 연주할 때 손바닥과 줄 사이에 발생하는 악력을 지탱
하는 역할을 한다. 길게 뻗은 입죽 위로 두 개의 줄을 거
는 장치, '주아(周兒)'가 있다. 주아에서 내린 두 개의 줄
을 한 손에 잡아 쥐고 연주할 수 있도록 모아주는 '산성
(散聲)'을 묶고 줄을 내린다. 우주 삼라만상의 소리를 다
만들어줄 줄은 복판을 지나 울림통을 받치고 있는 쇠판,
'감자비(甘自非)'에 단단히 연결되어 있다. 줄과 복판 사
이, 음색의 마지막 킥을 결정해줄 작은 나무 브릿지 '원
산(遠山)'까지 올려주면 해금의 본체가 완성된다. 두 줄
사이에 대나무 가지에 말총을 끼워 만든 활까지 걸어주
면 해금이란 악기는 비로소 소리를 낼 준비를 마친다.

정말 복잡하고도 요상한 악기였다. 이렇게 많은 재료
로 만들어진 악기는 적어도 그 무대 위에는 없었다. 그
도 그럴 것이 국악기를 만드는 8가지 재료, 즉 팔음(八
音)—쇠, 돌, 실, 대나무, 바가지, 흙, 가죽, 나무—이 다
들어간 악기라고 했다. 오리엔테이션이 끝나고 3지망까

지 희망 악기를 적어냈다. 시대에 따라 인기 있는 악기가 조금씩 바뀌는데 당시에는 가야금이 단연 인기였다. 다른 악기보다는 미디어에 자주 노출되었던 터라 선호도가 높았다. 전공 악기 배정은 성적에 따라 우선순위가 나뉘는 다소 가혹한 시스템이었지만 다행히 입학 성적이 좋아 원하는 악기는 무엇이든 선택할 수 있었다. 앞서 이야기한 것처럼 키만 한 악기를 들고 다니는 것을 도저히 안쓰러워 볼 수 없겠다고 한 부모님의 뜻을 존중해 큰 악기군은 제외했다. 가야금, 거문고를 제하고 나니 대금, 피리, 해금이 남았다. 비염이 심하고 폐활량이 적은 편이라 관악기도 어렵겠다는 선생님의 말씀에 대금, 피리도 제외했다. 나는 그렇게 해금과 만났다.

악기에는 영 취미가 없던 유년기를 보냈다. 피아노 학원에서도 연필로 손등을 맞기 일쑤였다. 그런데 평생 악기를 다뤄야 한다니. 그것도 이렇게 예민하고 어려운 악기를 다뤄야 하는 인생이 한순간에 주어진 것이다. 이 급진적인 변화를 수월하게 받아들이기가 쉽지 않았다. 그때까지 키워왔던 모든 감각의 총량을 다 쏟아도 해금의 예민함을 당해낼 수가 없었다. 해금에는 지판이 없다. 어쿠스틱 기타처럼 음을 구분해주는 표식이나 바이올린이

나 비올라처럼 손가락을 안정적으로 받쳐 누를 판이 없
다는 뜻이다. 그 말은 곧, 모든 음을 연주자의 감각에 의
존해 만들어내야 한다는 것을 의미한다. 지판이 없는 해
금을 연주하는 것처럼 허공을 휘적거리듯 중고등학교 내
내 해금에 안착하지 못했다. 카랑카랑하고 얇고 높은 해
금의 음색이 낯설고 싫기도 했던 것 같다. 해금 소리 자
체에 애정이 안 생기니 연습 시간의 대부분은 판소리를
듣거나 과거 그 음악이 흐르던 풍경을 망상하며 보냈던
것 같다. 머릿속에서 흐르는 음악의 풍경과 내 손으로 마
주하는 해금 소리의 간극이 너무 컸다.

악기를 연주하는 것은 노래를 연습하는 것보다 훨씬
지루하고 재미가 없었다. 입으로 소리를 내면 의도한 대
로 바로 나오는데 해금을 통해 손으로 만들어내는 소리
는 그렇지 않았다. 노래하는 것보다 두 배, 세 배는 힘들
었고 시간도 많이 들었다. 연주자가 된다는 것은 훌륭한
연주를 해낼 수 있는 능력을 탑재하는 것이자 지루한 연
습을 버티는 지구력을 키우는 과정이라는 것을 몰랐던
때였다. 덕분에 전공 성적은 늘 바닥이었다. 나는 친구들
에 비해 손가락 움직임도 빠르지 못했다. 이건 지금도 연
주자로서 콤플렉스인 부분이기도 하다. 화려한 테크닉의

초절기교 과제가 주어지면 다른 연주자보다 연습 시간을 더 할애해야 한다. 대학 때 여러 스타일의 창작곡을 연습하며 뚜렷하게 알게 된 단점이기도 하다. 단점을 마주한다는 건 생각보다 괴로운 일이다. 남들보다 더 오랜 시간 괴로움과 싸워야 한다. 연습하는 동안 무슨 팔자로 태어나 이렇게 스스로의 못난 부분을 매일 마주하며 보내는 삶을 살게 되었을까, 하며 많이 후회하기도 했다. 나만의 장점, 무기를 획득하기 전까지는.

다행히 대학 시절은 다양한 음악적 실험을 해볼 수 있는 환경이었다. 어설프지만 곡을 쓰고 직접 연주하며 상상을 실현시키는 수업도 있었고, 무용이나 굿, 탈춤 등의 반주를 하며 누가 가르쳐주지 않는 음악은 스스로 찾아서 공부하기도 했다. 연극이나 영상의 음악을 담당하며 다른 장르에서는 해금이 어떻게 스며들어야 하는지를 체험하는 시간도 있었다. 이런 과정을 통해 내가 잘할 수 있는 것들을 알게 되었다. 정형화되지 않은 감각들을 소리로 표현해내는 것. 표본을 따라 연주해야 하는 과제를 잘 수행하는 것보다는 수치로 나타낼 수 없는 수많은 감정의 포자들을 소리로 옮기는 쪽이 더 잘 맞았다. 그런 표현을 마음껏 할 수 있는 극음악은 곧 나의 무기가 되었

다. 배우가 대사와 연기를 통해 감정을 쏟아내면 음악은 그것을 극대화하여 관객에게 전달해야 했다. 이럴 때 어떤 소리의 결을 빚어내 배우와 관객의 간극을 좁힐까 연구하고 표현해보는 것은 큰 즐거움이었다. 여러 색채와 큰 낙차로 소리의 다이내믹을 만들어내면 배우와 관객 모두 울고 웃었다. 배우들이 공연 때마다 내 해금 소리에 의지해 연기한다고 말해줄 때는 고양감을 느끼기도 했다. 빠르고 화려한 테크닉의 연주보다 소리 자체에 감정과 서사를 싣는 연주에 강점이 있다는 걸 알게 된 후로 내가 연주해야 하는 음악들에 대해 다시 생각하게 되었다.

그런 맥락에서 전통음악을 바라보니 전혀 다르게 해석되는 지점들이 눈에 들어왔다. 단적인 예로 산조가 그러했다. 입시를 준비하며 새로운 선생님과 산조를 다른 시선으로 이해하는 방법을 알게 됐지만 산조는 여전히 어려운 음악이었다. 스스로 납득하지 못하면 한 발짝도 앞으로 나아가지 못하는 성격 탓인지, 음악도 이해하지 못하면 어떻게 표현해야 할지 답을 내릴 수가 없었다. 아직도 어떤 곡을 연습하기 전에 한참이나 그 음악에 대한 사유와 이해의 시간을 가진다.

산조를 풀어헤치기 시작했다. 한 장단 한 장단이 그러

해야 하는 이유를 분석하고 납득할 수 있는 서사를 부여
했다. 어떤 음이 울면 다음 음이 토닥여주는 선율의 인과
와, 때론 허무하고 때론 관조하는 등 사람이기에 느낄 수
있는 감정의 스펙트럼을 세세하게 분류해 산조에 늘어놓
았다. 나만의 해석법을 찾은 것이다. 산조의 서사를 나름
대로 완성하니 정지해 있는 듯 느껴지던 정악에도 생명
을 불어넣을 수 있었다.

이렇게 정리한 전통음악을 연주하는 것은 전과는 완전
히 다른 세계를 탄생시키는 것과 같았다. 해금이, 음악이
내게로 오는 나날이었다. 연주 자체에 재미가 붙으니 연
습 시간이 즐겁고 부족하게 느껴졌다. 좋은 일도 따랐다.
대학교 2학년 때는 동아일보사에서 주최하는 동아콩쿠
르에 참가해 금상을 탔다. 남자가 금상을 수상하면 군 복
무도 면제해주니 굉장히 큰 대회다. 대회가 있던 날 아침
세종문화회관에 들어가 본선 무대를 치르고 수상 후 극
장을 나오니 광화문 일대에 월드컵 경기를 응원하기 위
해 모인 붉은 악마들이 보였다. 2002년 6월 14일, 박지성
선수의 왼발 슛으로 대한민국이 포르투갈을 꺾고 승리를
거둔 날이었다.

지금까지 해금으로 다양한 시도를 하고 셀 수 없이 많

은 무대에 서며 음악적 외연이 많이 넓어졌다. 지판이 없어 어려웠던 해금 때문에 허우적거리는 학창 시절을 보냈지만, 긴 슬럼프를 지난 후엔 지판이 없는 해금으로 그만큼 자유롭게 여러 음악을 유영했다. 해금은 정확한 음을 만들어내기 어려운데 반대로 말하면 모든 소리를 다 만들어낼 수 있다는 뜻이 되기도 한다. 해금을 공부하며 모든 현상의 반대편을 생각하는 시선도 가지게 되었다. 지난했던 일련의 성장 과정을 겪으며 이제는 정확한 음도 능숙하게 짚어내고 빠르고 현란한 테크닉의 곡들도 무리 없이 연주해내는 연주자가 되었다. 단점으로 작용했던 악기의 특성이 장점으로 변하는 긴 시간 동안 해금은 천천히 내 삶에 스며들었다.

누구나 자신만의 속도가 있다. 친구들은 저만치 앞을 향해 질주하는 동안 나에게만 유독 어렵게, 지독하게도 닿지 않는다고 느꼈던 해금은 천천히 제 속도로 내 삶에 다가오는 중이었다. 아주 느리지만 아주 꾸준하게. 만약 내 음악 인생에서 그보다 더 빠르고 친밀하게 해금을 느꼈다면 어땠을까. 그럴듯한 성취를 더 빨리 이루어냈겠지만 기어가듯 움직이던 그 시간 동안 스스로 깨닫게 된 아름다움의 진리나 그것을 표현하는 방법들은 결코 깨닫지 못했을 것이다. 어떤 깨달음은 매우 더디고 괴롭게 찾아오기도 하지만 그만큼 길고 강한 생명력을 가진다. 이렇게 긴 시간 해금 하나로 세계를 누비고 다니려고 그토록 어렵게 해금이 내게로 왔었나 보다.

큰 나무

인생의 고개들. 배움의 과정에 접어들면 그 고개는 더 가파르고 험준하다. 고개를 넘는 데에는 필히 견인해줄 수 있는 어떤 힘이 필요하다. 우리는 그 힘의 존재를 스승이라 부른다. 고등학교 생활이 동네 뒷동산의 언덕배기 같았다면, 대학 과정은 아래에서는 봉우리가 보이지 않는 산과도 같았다. 광활한 배움의 현장이었다. 한계에 부딪히기도, 장점을 발견하기도 한 시간이었다. 어쩌면 내 인생을 통틀어 가장 날것의 예술과 함께 뒹굴던 시간이 아니었을까. 매 순간이 나아지려는 진통이었고 다음 단계로 넘어가는 허들이었다. '나'라는 우주가 치열하게 공간을 확장하고 있을 때 곁에는 항상

은사님들이 있었다. 일가를 이룬 소리를 바로 옆에서 들으며 늘 깨지고 다시 태어났다. 위대한 예술의 참 멋을 알려주신 은사님들에 대한 기억을 꺼내본다.

삶이 곧 소리, 김영재

"포기하지 말고 끝까지 하도록 해. 내가 잘해서 살아남은 것이 아니라 포기하지 않았기 때문에 잘하게 된 거야."

국가무형문화유산 보유자이자 학부와 석사 시절의 은사님이었던 김영재 명인의 말씀이다. 이 말씀을 들은 날로부터 꽤 오랜 시간이 지났지만 지금까지 마음 한편에 힘 있게 자리하고 있다.

나는 확실히 재능형 인간은 아니다. 감각은 좋지만 그렇다고 재능을 타고나서 뭐든 어려움 없이 빠르게 일정 수준에 도달하는 사람이 아니다. 어렸을 때부터 예술학교를 다니다 보니 자기도 모르는 사이에 타고난 재능이 비집고 나오는 친구, 선후배를 많이 봤다. 같은 수업을 듣고 늘 같이 연습실에 있어도 언제나 반짝이는 친구들이 있었다. 사람은 주어진 만큼의 재능으로 주어진 삶을 성실히 살다 가면 되는 것이라 생각하는 편이기에 재능이 뛰어난 사람을 부러워하거나 넘으려 무리하지는 않는다. 다만, 재능의 타고남과 직결되는 분야에 있기에 스스로에 대한 질문을 많이 하게 된다. 이를테면, '내가 해금을 계속하는 것이 맞나?' 같은. 요즘도 재능이 뛰어난 음악가의 작품을 마주하면 어김없이 이 질문의 늪에 빠진다. 아무리 생각해도 그런 작품은 만들어낼 수 없겠다는 결론이 나기 때문이다. 그럴 때면 마음 한편에 우뚝 버티고 있는 교수님의 말씀이 슬쩍 고개를 든다.

교수님은 해금, 거문고, 가야금, 무용, 소리 등에 두루 능한 분이다. 옛 명인이 그러하듯 가, 무, 악에 모두 능통하다. 승무를 추며 하루를 시작하고 무용이 지루하면 가야금을, 손가락이 아프면 해금을, 해금을 타다 지루하면 거문고를 연습한다는 이야기는 전설처럼 선배들의 입을 타고 흘렀다.

고등학교 3학년 때 한예종이 아니면 절대 다른 대학은 가지 않겠다고 다짐했다. 거기에는 교수님을 만나겠다는 포부가 절반 이상이었다. 교수님과는 석사과정 마지막 학기이자 교수님의 퇴임 전 마지막 학기를 함께했다. 한 시간 수업이었지만 점심 먹고 교수실에 들어가면 해가 뉘엿뉘엿해져야 나올 수 있었다. 교수님은 늘 차를 내려 주며 당신 안에 켜켜이 쌓인 음악의 세월을 이야기로 풀어냈다. 둥그런 산능선을 기어가듯이 넘어가는 해 지는 풍경 아래서 듣는 이야기가 참으로 달콤했다. 매주 그 시간이 기다려졌다. 지금은 전설이 된 지영희 선생님과의 추억부터 그 시절 전통음악의 모습, 연주하던 풍경들까지 옛날이야기를 듣는 듯 푹 빠져 있다 보면 어느덧 해가 졌다. 교수님은 이런 이야기를 나눠줄 수 있어서 참 좋다고 했다.

그날도 여느 수업 시간처럼 레슨을 받고 차를 나누며 교수님의 이야기를 경청하다 문득 질문을 한 것 같다. 아직도 해금을 잘 모르겠다고. 재능이 없는 것 같은데 계속해도 되는 건지 모르겠다고. 그때 선생님께서 말씀하셨다.

"내가 해금을 시작할 때 이렇게 되리라고는 생각하지 못했지. 그런데 그때 함께 공부했던 친구들이 어느 순간 하나둘 멈추기 시작했어. 결국 나만 이렇게 남았지. 내가 잘해서 남은 것이 아니라 끝까지 놓지 않고 있었더니 시간이 쌓이기 시작했고 그것이 실력이 되더라. 내가 직접 겪은 것이기 때문에 누구와도 돈을 주고도 바꿀 수 없어. 그러니 너도 포기하지 말고 끝까지 해봐. 살면서 포기하고 싶은 순간이 여러 번 찾아올 거야. 그래도 지켜내봐. 끝까지 절대 포기하지 마."

자존감이 무너지고 현실에 타협하고 싶어질 때면 교수님의 말씀을 떠올린다.

正心正音 소리의 구도자, 정수년

대학에 진학하며 김영재, 정수년, 두 분의 전임교수님을 만나게 되었다. 학부 때는 거의 정수년 교수님의 지도를 받았다. 교수님은 내가 1학년으로 입학하면서 동시에 전임교수로 부임했다.

교수님의 소리에는 늘 빛과 그림자가 있었다. 하나의 음을 연주하는 데에도 그랬다. 연주를 하는 것이 꼭 붓질을 하는 것처럼, 소리들이 모이면 한 폭의 그림이 완성되는 것 같았다. 소리에 농담이 드러나고 채움과 비움이 존재했다. 종이 위 한 번의 붓질을 위해 인고의 세월 동안 같은 선을 반복해 그리는 화백처럼 공기 위로 그리는 붓질을 멈추지 않았다. 땅거미가 교정의 잔디에 내려앉는 늦은 시간까지 교수실에서는 해금 소리가 흘러나왔다. 웬만큼 연습했다는 생각에 젊음의 낭만 같은 걸 술집에서 찾으러 학교를 빠져나가다가도, 교수실에서 흘러나오는 악기 소리에 발걸음을 다시 연습실로 옮기던 날이 숱했다. 제자가 스승보다 빨리 연습을 마칠 순 없지 않은가.

감정을 잔뜩 머금은 어느 곡을 학습할 때였다. 나름대로는 연습에 충실했다고 생각했는데 부족했던 모양이다. 교수님은 문득 교수실에 걸려 있는 액자를 가리켰다. 흑백의 농담이 아름다운 산수화였다.

"저기 벽에 걸린 그림 보이지? 저 그림처럼 연주해보자."

당황했다. 그림처럼 연주하는 것은 어떻게 연주하는 것이지? 그림을 어떻게 소리로 옮기나. 교수님은 그림이 만들어내고 있는 정취를 소리의 질감으로 표현해보는 것, 선의 굵기와 농담을 활의 밀도로 만들어내는 것에 대해 말씀하셨다. 연주는 단지 악보 위에 그려진 음들의 기능을 잘 수행하는 것이라고 생각했던 그간의 세계가 와

장창 깨지는 순간이었다. 홍당무처럼 얼굴이 발그레해져서 이러지도 저러지도 못하고 연습한 것만 냅다 연주하고 도망치듯 교수실을 나왔다. 그런 생각을 해본 적이 없었다는 것이 부끄럽기도 했던 것 같다. 얼마나 충격이었는지 아직도 그날의 교수실 풍경과 창문으로 들어오던 햇살의 각도가 뇌리에 선명하다. 이전 세계가 깨지고 확장되면서 그 자리에 새살이 돋는다면 나는 얼마나 많은 흉터를 갖고 있을까. 그날 처음 알게 되었다. 세상의 어떤 형상도 소리로 옮길 수 있다는 것을.

정심정음(正心正音), 바른 마음에서 바른 소리가 나온다는 뜻이다. 오랜 시간 교수님의 메신저 상태메시지였던 것이 기억난다. 석관동 산기슭에 위치한 가건물 2층 교수실에서, 교수님은 늘 구도자의 마음으로 활대를 움직였을 것이다. 바른 소리를 만들기 위해 얼마나 마음을 다스렸을지 감히 헤아릴 수 없다.

모험하는 소리, 개척자 강은일

석사를 졸업한 후 얼마간은 잠비나이 활동에만 전념하

며 무엇에도 구애받지 않고 자유롭게 연주했다. 악보를 볼 필요도 없었고 지켜야 하는 활법이나 운지법, 음악적 길도 없었다. 표현하고 싶은 소리를 만드는 것만이 중요했다. 그러다 보니 역설적이게도 내 연주 스타일에 갇히는 순간이 왔다. 매번 같은 곡 안에서 늘 사용하는 주법이 한정되게 되었다. 곳간이 바닥 난 것이다. 그것을 알아차린 순간부터는 연주에 의심이 들기 시작했다.

음악적으로 멈춰 서게 되는 순간마다 고민을 나누던 한 친구가 자신이 다니고 있던 단국대학교 박사과정을 함께 해보면 어떻겠냐고 제안했다. 다시 배움의 길로 접어들 타이밍이 온 것 같았다. 강은일 교수님과는 박사과정에서 다시 만났다. 고등학교 때 교수님께 일 년간 짧게 레슨을 받은 적이 있었는데, 무엇도 받아들일 수 있는 준비가 되지 않았던 그때에 교수님을 만났던 게 늘 안타까움으로 남아 있었다.

강은일 교수님으로부터 영향을 받아 수많은 해금 연주자들이 탄생했다는 것은 공공연한 사실이다. 대중에게 해금이 가깝게 다가갈 수 있도록 견인한 인물이기 때문이다. 창작음악 씬에서 주로 활동하며 밴드, 아방가르드 즉흥음악 등 한국 전통음악에서는 전무하던 장르를 개척

하기도 했다. 교수님과 나의 이력에는 어느 정도의 공통분모가 있다. 음악적으로 새로운 시도를 해왔다는 것. 그래서인지 교수님은 내가 무엇을 고민하는지 잘 알았다. 아마도 비슷한 고민을 하시던 시기가 있었을 것이다. 이럴 때는 길을 먼저 걸어간 멘토가 있다는 게 얼마나 감사한 일인지 모른다. 교수님은 밴드 음악을 하며 고착화된 활법이 다른 음악 장르에 적용될 때의 문제점, 음악을 해석하는 방법 등 고민하거나 혹은 미처 알아차리지 못한 문제들을 길을 미리 걸어온 멘토의 시선으로 조언해줬다. 그간의 이력이 증명해주듯 음악의 최전선에서 활동했던 소리의 현장을 마주하는 수업 시간은 늘 설렜다.

한번은 교수님의 무대를 보았다. 교수님의 스승이자 멘토인 한국 즉흥음악의 대가, 색소포니스트 강태환 선생님과 함께 꾸미는 프리뮤직 공연이었다. 프리뮤직이란 연주자들이 그 순간의 공간과 시간, 서로의 소리를 감각하며 온전히 즉흥적으로 펼치는 소리의 향연이다. 공연은 교수님의 독주로 시작한 첫 순서부터 연주자들과 함께하는 합주 순서까지 소리의 현재를 깊이 들여다보는 시간이었다. 즉흥연주를 관람하는 것은 이미 작곡된 곡을 감상하는 것과는 다른 느낌을 준다. 틀과 구성이 확실하게 작곡된 곡을 감상하는 것은 미술관에서 근사한 미술 작품을 관람하는 것과 비슷하다. 작품의 설계와 디자인, 그에 담긴 서사까지, 이를테면 전체를 느끼는 것이다. 반면 즉흥음악은 현재, 지금 이 순간 사건이 일어나는 현장에 참여하고 있다는 느낌이 강하게 든다. 연주자도 관객도 다음 순간에 어떤 소리가 발현될지 예측할 수 없다는 점에서 기이한 몰입감을 갖게 만든다. 완성된 작품을 감상하는 것과 만들고 있는 단계에서 참여하는 것의 차이라고 할까. 즉흥음악이야말로 관객참여형 공연이 아닐까. 소리가 물리적인 형질로 존재하는 것이라면, 그 내부의 가장 작은 세포로부터 표피를 벗어나 아득하게 멀어져 그것을 관조할 수 있는 거리에 이르기까지의 모든 시공을 공연을 통해 느끼는 것 같았다. 아주 작거나 혹은 아주 크거나. 아주 가깝거나 혹은 아주 멀거나. 이것은 상반된 개념이지만 교수님의 소리 안에서 동시에 일어나고 있었다. 예측 불가능한, 그저 순간으로 존재하다 과거로 휘발되어버리고 마는 소리의 여정을 들으며 교수님이 쌓아온 지난 시간을 상상했다.

교수님의 소리를 처음 들은 건 고등학교 1학년 때였다. 전위적이면서도 날카로운, 하지만 익살스러움이 뒤섞인 소리는 그야말로 해금다웠다. 당시에 교수님이 해금 수석으로 근무하던 경기도립국악단의 음반에 해금협주곡 「방아타령」이 교수님의 협연으로 수록되어 있었다. 그 연주가 참 좋았다. CD를 반복해서 플레이하며 연습을 했다. 한 마디, 두 마디 끊어 듣고, 따라 해보고, 다시 플레이해 들으면서 연습했다. 그 소리를 닮고 싶어서, 아니 어쩌면 그냥 교수님과 같이 연주하고 있다는 기분을 느끼고 싶어서 마냥 따라 연주했다. 고등학교 1학년 여름방학을 꼬박 그렇게 보냈다. 마냥 닮고 싶어서 소리를 내보았는데 방학이 끝날 때쯤 되니 놀랍도록 실력이 향상되어 있었다. 일종의 덕질을 한 셈인데, 함께 성장하게 된 것이다. 무엇을 좋아하든 깊이 심취해 끝까지 파고 마는 성정이 학업에 긍정적인 결과를 가져다준 사건이었다.

교수님은 아직도 어떤 새로움을 찾아야 할지 고민하신다. 교수님이 해금을 잡고 있는 순간은 언제나 모험이 진행 중인 것이다. 일가를 이룬 연주가가 안주하지 않고 아직도 실험과 모험을 갈구한다는 것은 매너리즘에 빠졌던 나에게 큰 자극이 되었다.

살아가면서 어느 시기이든 간에 우리는 서로 관계하는 이들에게 영향을 받는다. 물리적인 접촉이 있는 관계뿐 아니라 우상이나 롤모델처럼 다소 일방적이기는 하지만 인생에 혜성처럼 등장하는 누군가로부터. 이 관계가 주는 힘을 통해 앞으로 나아가기도 하고 잠시 쉬어가는 여유를 찾기도 하며 때론 깊이 위로받기도 한다. 1만 시간의 법칙을 훌쩍 넘어선 스승의 소리는 음악뿐 아니라 삶에서도 큰 영감이 된다. 삶을, 정신을 다스린 그 긴 시간의 밀도에 대해서 생각하지 않을 수 없다.

페르소나 실험:
전통과 창작의 경계에서

  잠비나이 투어를 하고 돌아오면 정말이지 만족감이 대단하다. 그야말로 살아 있다는 감각으로 충만해진다. 그러나 소통이 주는 만족감은 늘 이면에 공허함을 동반했다. 많은 예술가가 무대 위와 아래의 간극 때문에 힘들어한다. 무대 위의 화려한 모습이 일상에서도 지속될 리 없기 때문이다. 영혼의 한 방울까지 모두 쥐어짜는 무대를 몰아치고 한국으로 돌아오면 텅 비어버린 것 같았다. 초반 몇 년간은 체력 문제라고 생각해서 잘 먹고 쉬는 데에 집중했다. 한국에서도 밀린 일들을 해야 했기에 일정은 바빴지만 개인 시간이 생기면 최대한 먹고 쉬었다. 요가도 열심히 했고 집 앞의 탄천도 열심히 뛰었다. 그러나 해가 지나도 체력만 좋아질 뿐 공허함은 사라질 줄 몰랐다. 이쯤 되니 체력의 문제가 아닌 듯싶었다. 마음의 소리를 들어야 할 때였다. 무대에서 에너지를 다 쏟아붓고 그에 상응하는 관객의 피드백을 받는데도 느껴지는 이 허전함의 근원이 어딜까. 한동안 골똘히 생각했다. 그러다 문득 '잠비나이 활동을 하며 쓰는 음악적 에너지를 다시 채워 넣고 있나?'라는 질문에 도달했다. 연주를 하는 것도 어쨌든 소모하는 행위이다. 체력이든 음악적 경험이든. 다른 연주자에 비해 많은 음악적 경험을 했다고 자부할 수 있는 20대를 보냈지만 그보다 많은 양의 무대를 소화하다 보니 금세 곳간이 비어가고 있었다. 그로 인해 매번 공허함과 갈증이 찾아오고 있었다. 다시 곳간을 채워야 했다.

혼자서 연습할 수 있는 방법을 찾았다. 뭐라도 연습해야 했다. 누군가에게 보여주기 위한 연습이 아닌 나를 채우기 위하여. 그런 음악은 의외로 가까이에 있었다. 중학교 때부터 손이 닳도록 연습한 산조. 산조라면 나를 채우기에 적당할 것 같았다. 언젠가부터 투어를 하고 돌아오면 산조를 연습했다. 온전히 자신의 소리에만 의존하고 집중하며 스스로를 컨트롤하는 것이 위안이 되었다. 제

멋대로 날뛰는 손가락을 억지로 정돈하고 다시 출발선으로 가져다 놓는 일의 반복이었다. 산조는 늘 어려운 음악이었다. 지금도 마찬가지다. 한 음 한 음 공을 들이다가도 그 음에 멈춰 있으면 흐름을 놓치고 만다. 한편 유연하게 흐르기만 하다 보면 또 음들이 가진 저마다의 의미를 드러내지 못하게 되기도 한다. 매일 매 순간 연습하지 않으면 도무지 정복할 수가 없는 음악이다. 그렇기에 나의 산조는 늘 멀리 놓쳐버렸다가 가까스로 붙잡는 일의 연속이다. 산조는 개인의 음악이기에 구도자의 마음으로 연습하다 보면 내면으로 점점 침잠하는 나를 느끼게 된다. 잠비나이의 음악이 밖으로 발산하는 에너지라면 산조는 안으로 쌓이는 에너지랄까. 오롯이 혼자 만들어가는 연습 과정이기에 나의 소리도 투명하게 바라볼 수 있고 현재 시점도 진단할 수 있다. 잘못된 소리가 있으면 다시 한 음 한 음 닦아내며 음악적 자존감을 회복해 나갈 수 있다.

그렇게 한국으로 돌아오면 밀린 일정들을 처리하면서 산조를 연습했다. 산조의 아름다움에 흠뻑 빠지던 때였다. 잠비나이 활동을 위해 다시금 소리를 충전하는 시간이기도 했다. 탄탄한 공력이 있는 소리를 만들려면 전통음악 연습을 배제할 수가 없다. 산조는 과거의 음악인데 어째서 이렇게도 생명력이 길고 강할까. 아마 한순간 누군가의 머리에서 '팝!' 하고 떠오른 악상이 아닌 오랜 세월 정제되어 악기에 최적화된 기법들로 추려진 완전한 에센스이기 때문일 것이다. 시간이 쌓여 만들어진 거대한 지층을 흔들기란 쉽지 않다. 분명 어느 시점에 역사에 등장한 장르이기는 하지만 태초의 소리이기도 하니까. 젊은 날 열심히 창작활동을 하다가도 나이가 들면 전통으로 회귀한다는데 아마 산조가 가진 '마더 바이브' 때문이 아닐까 싶다. 나는 아이러니하게도 전통음악으로 채운 소리의 동력으로 잠비나이 활동을 이어간 셈이다. 그러나 한편으로는 지하 연습실에 처박혀 장인처럼 소리를 빚다 보면, 관객과 소통하고 싶은 욕구가 또 스멀스멀 피어오른다. 극장의 열기와 관객의 에너지에 대한 갈증에 목이 마른다. 페스티벌, 그 뜨거운 태양 아래 몸을 내던진 관객이 그리워 참을 수 없는 것이다. 도무지 알 수 없는 공생 관계다.

그렇게 몇 년간 해외 투어와 골방 산조를 병행했다. 투어를 위해 인천공항으로 출발해 인천공항에 다시 도착하기까지의 시간을 제외한 매일 하루도 빠지지 않고 산조를 연습했던 해도 있었다. 연초에 단 한 번의 산조를 완주할지라도 매일 연습하기를 스스로 약속했었는데, 작심삼일의 인간화인 내가 용케도 그 약속을 지켰다.(산조는 짧게는 10분, 길게는 한 시간이 넘는데, 해금산조의 경우 긴 산조를 연주하면 통상 30분가량이 소요된다.) 산조 연습을 하며 미약하지만 스스로도 조금씩 성장하는 것을 느끼던 터라 유의미한 결과물을 남겨야겠다는 생각에 도달했다.

그래서 녹음한 것이 첫 번째 음반『김보미 해금산조 – 한범수류, 지영희류』다. 지금 생각해보면 참으로 용감하고 무식했던 프로젝트였다. 하나의 유파도 제대로 담아내기 어려운데 두 개의 유파를 한 음반에 담을 생각을 했다니. 지난 시간의 족적이 내 안에만 머물고 마는 것이 못내 아쉬웠던 모양이다. 그리고 뭔가 물리적으로 보이는 결과물이 있으면 '그래도 열심히 살았구나' 하는 위안이 들 것 같기도 했다. 지금은 꺼내 듣기가 민망하다. 설익은 소리같이 느껴지기 때문이다. 그래도 그 소리가 부족하다고 느껴진다는 건 그동안 조금은 발전했다는 증거일까. 산조는 많은 연주자에게 넘기 어려운 큰 산이고, 쉽사리 자신의 산조 흔적을 남기기 두려워하는 경향도 있다. 정통성이 강하게 드러나는 장르이자, 계보도 중요하고 정답에 근접한 소리의 정형도 있기 때문이다. 이 땅의 모든 연주자가 시험감독이 되는 셈이다. 용감했던 첫 산조 음반 발매 후 한편으로는 후회도 했다. 더 좋은 소리, 더 준비된 소리를 남길걸.

그러나 모든 사람이 알고 있듯이 인생에서 완벽하게 준비된 때라는 건 없다. 시간이 지나며 성장하기에 완벽한 때라고 생각했을지라도 지나고 나면 설익은 과거가 되고 마는 게 인생이지 않나. 아마 그때 그 소리를 남기지 않았다면 영원히 준비만 하다 끝났을지도 모를 일이다. 아쉽다고 생각하는 소리지만 한 가지 확실한 것은 있다. 두 개의 유파라는 큰 산을 넘으면서 넘기 전에는 볼 수 없고 느낄 수 없던 깊이와 시야를 갖게 되었다는 것. 그렇게 확장되면서 비로소 음반에 담긴 소리가 아쉽다는 것도 알게 됐다. 물론 그 당시에는 그것이 최선이었지만. 음반을 녹음하며 성장한 것이다.

음반이 세상에 나오고 보니, 연주할 기회가 많아졌다. 밴드에서는 전위음악이라고 보아도 무방할 정도로 폭발적이고 강한 음악을 연주하는 내가 쪽진머리에 한복을 곱게 차려입은 사진이 담긴 산조음반을 발매한 것이 적잖이 놀라운 일이었나 보다. 록을 연주하는 해금 연주자의 산조는 어떨지 궁금해하는 사람이 제법 많았다. "전통과 창작을 왔다 갔다 하면 어떤 느낌을 받나요?", "경계를 허무는 활동을 하고 있는데 불편한 점은 없나요?" 등의 질문도 종종 받았다. 내가 산조를 좋아하고 연습하는 이유는 전통의 보존과 계승이라는 거창한 담론에 근거한 것이 아닌, 그저 아름답고 좋은 음악이기 때문이다. 어렵지만 아름답기에 가까이 두고 싶고 나를 시험하는 그 아름다움에 기꺼이 시간과 에너지를 쏟고 싶었다. 산조는 전통의 산물이기도 하지만 나에게는 여전히 현재의 음악이다. 산조 속에 녹아 있는 인생의 희로애락을 알아차리고 표현해보는 것은 여간 큰 즐거움이 아니다.

그러나 산조 공연이 잡히고 고수와 연습을 하면서 고민이 많아졌다. 음반을 낸 동기는 '나의 기록'이었는데, 이 연주가 공공의 장소인 '무대'로 올려진다는 건 다른 이야기였다. 사적인 영역을 공개하는 것 같은 느낌이었다. 더불어, 내가 그걸 공개해도 괜찮을 만한, 그런 영향력이 있는 사람일까 하는 의문도 들었다. 고민이 많고 연습 때마다 위축되니까 장단을 맡아준 선배가 한마디 툭 던졌다. "너 같은 산조도 있어야 돼. 지금 산조는 너무 정형화되어 있어. 산조 자체가 개인의 음악이고 다양한 해석이 가능한 음악인데, 너처럼 타는 사람도 있어야지. 그래야 산조의 다양성이 자리를 잡지."

사실 우리가 학습하는 과정에서 기준이 필요하지만 그것이 곧 전부인 것으로 왜곡되기도 한다. 전통음악은 도제식 교육의 의존도가 높은 계통이기에 '스승의 소리가 곧 내가 내야 할 소리'라는 인식도 강하다. 그래서였을까? 선배의 한마디가 큰 힘이 됐다. '소리의 자립'이라는 생각이 들기도 했다. 용기를 얻고 다수의 산조 무대에 올랐다. 역시나 해석은 분분했다. 여러 감상 중에서도 가장 흥미롭던 해석은 '록산조'였다. 물과 기름처럼 도무지 섞일 수 없는 그 단어는 내가 어떤 사람인지를 한마디로 정리해놓은 것 같았다. 그러나 나는 이렇게 하나의 나로 존재하지 않나.

그 후 몇 년 동안 종종 산조 무대를 가졌다. 어떤 이는 해가 더해지며 연주가 바뀌고 있다고 했다. 산조 유파를 표현하는 한자어 '흐를 류(流)'처럼 내 산조도 어디론가 흐르고 있나 보다. 몇 해 전, 인터뷰 했던 악당이반(퓨어 레코딩을 지향하는 전통음악 및 클래식 전문 레이블)의 김영일 대표의 말이 떠오른다.

"산조라는 음악은 개체가 갖는 고유성 즉, 전통이 시대를 관통하며 오늘날 각각의 연주자가 해석한 산조로 흐르는 것이 중요합니다. 개별성이 배제된 관계라면 전통을 이어 나갈 수 없기 때문입니다. 이를테면, 지영희류를 타는 김보미가 있을 때, 지영희만 있고 김보미가 없으면 안 됩니다."○

내가 조금씩 성장하듯이 내 연주도 어딘가로 흐르고 있다고 생각하면 약간의 뿌듯함마저 느껴진다. 전통음악이라고 칭하는 산조조차도 이렇게 계속 흐르고 변한다. 개인 연주를 할 때면 경계를 넘나드는 활동에 대한 질문을 많이 받는다. 편의상 그렇게 분류하지만 나는 전통과 창작이라는 경계를 굳이 나눈다는 것이 무의미하다는 생각이라고 답한다. 전통음악도 과거 어느 시절에 창작된 음악이었고, 내가 현재 연주하는 음악도 미래의 언젠가는 전통이 될 것이다. 나에게 두 음악은 영원히 만날 수 없는 평행선이 아니다. 두 음악은 이미 내 안에서 시간을 뛰어넘어 뒤엉켜 있다. 산조를 연주하는 동안에도 잠비

○ 보보담 47호, 김영일 편, 김보미 글, 인터뷰.

나이의 음악을 연주할 때 보이는 나의 음악적 감수성이 드러날 것이고, 잠비나이의 음악을 연주하는 동안에도 산조를 연주할 때의 성음(판소리나 전통음악의 연주에서 소리의 질감이나 색채를 이르는 말)이 드러날 것이다. 나는 늘 현재의 나를 연주할 뿐이다.

길 위의 음악

　　가장 좋아하는 전통악곡을 꼽으라면 단연 경기대풍류다. 산조가 평생 갈고 닦아야 하는 사명이라면 경기대풍류는 사명의 고단함을 위로하는 안식처다. 연주가 쉽다는 얘기가 아니다. 듣는 것만으로도 흥취가 오르고 즐겁다는 거다. 이상하게 산조를 들으면서는 마냥 감상하고 즐기기 어려운데 경기대풍류의 경우는 비교적 마음의 무게가 가볍다. 이런 마음가짐의 근원은 음악의 용례에서 발현되는 것일 수도 있겠다. 산조가 온전한 개인의 음악이고 구도자의 마음으로 최고 기량을 향해 가는 순례라고 한다면, 경기대풍류는 굿판에서 또는 춤 반주로 모두가 어울려 섞어내는 한 판, 흥의 용광로

같은 음악이라고 할 수 있다. 연주 장소에도 차이가 있다. 과거에는 산조는 실내, 경기대풍류는 실외에서 연주되는 경우가 많았다. 가락의 모양새도 산조는 여러 표정을 나타내야 하는 입체감은 있지만 절제와 품위가 깃든 단정한 규수의 느낌이라면, 경기대풍류는 그야말로 화려하게 흥청거리는 무희의 느낌이다. 마치 원숭이가 나뭇가지를 타고 이 나무에서 저 나무 사이를 훌쩍훌쩍 건너뛰듯이 가락의 율동성이 커서 해금의 두 줄 위를 흥청거리듯 과감하게 뛰어다니는 느낌을 준다.

각 지역마다 달라지는 억양 즉, 사투리처럼 우리 음악도 지역별로 다른 음악적 특징을 갖고 있다. 그 음악의 억양을 '토리'라고 한다. 서울, 경기 지역을 중심으로 한 음악적 특징은 '경토리', 태백산맥을 따라 이어진 동부권의 음악적 특징은 '메나리토리', 전라도를 중심으로 발전된 음악적 특징은 '육자배기토리', 북한의 서쪽 바다를 끼고 생겨난 음악적 특징은 '수심가토리'라 부른다. '경토리'는 밝고 화사한 느낌이, '메나리토리'는 처연하고 한탄스러운 정서가 노래에 스며들어 있다. 우리가 잘 아는 「한오백년」이 이 '메나리토리'로 이루어져 있다. 또 '육자배기토리'는 진한 슬픔이 담겨 있고, '수심가토리'는 음을 떠는 폭이나 흘러내리는 시김새가 다른 토리보다 활동성이 커서 어딘가 이국적인 느낌을 풍기기도 한다. 이런 지역의 음악적 특징 가운데 '경기'라는 말이 앞에 붙었으니, '경기대풍류'는 말 그대로 경기 지역에서 연주되고 그 특징을 가진 음악임을 이름에서 알 수 있다. 나는 경기대풍류에서 느껴지는 특유의 쾌활함이 좋다. 기분까지 시원해진다고 해야 할까. 듣는 것도 연주하는 것도 그저 재미있는 음악이다.

대풍류라는 이름은 우리가 흔히 쓰는 말인 풍류 앞에 대나무의 '대'를 붙여 지은 것이다. 대나무로 만든 악기로는 국악기 중 피리와 대금 같은 관악기가 있다. 관악기를 중심으로 하는 편성이니 아무래도 음량이 크다. 이것도 악곡의 용례와 관련이 있다. 굿판이나 춤판은 실외에서 행해지는 경우가 많아 가야금이나 거문고 같은 음량이 작은 현악기보다는 피리나 대금같이 음량이 큰 악기들을 선호했을 것이다. 이렇게 피리, 대금, 해금 등의 관악기와 타악기로 구성된 편성을 '삼현육각'이라 한다.(해금은 엄밀히 말하면 찰현악기이지만 전통음악에서는 음을 지속시키는 악기의 특성 때문에 관악기로 분류되는 경우가 많다. 관악 편성에도, 현악 편성에도 들어가는 깍두기 같은 악기이다.)

삼현육각은 정확히 피리 두 대, 대금, 해금, 장구, 좌고로 이루어진 악기 편성을 말한다. 단원 김홍도의 풍속화 중 「무동」을 보면 삼현육각의 모습이 정확히 표현되어 있다. 그림에서 보는 것과 같이 실외에서 삼현육각 편성으로 춤과 함께 연주되던 음악 중 하나가 바로 경기대풍류인 것이다.

경기대풍류가 지금의 악곡 구성으로 틀이 짜인 것은 그리 오래되지 않았다. 20세기 초, 경기도 평택에서 태어나 전통음악의 르네상스를 구현한 해금과 피리의 명인인 지영희 명인이 필드에서 연주되던 가락을 모으고 정리해서 지금의 틀로 구성한 것이 경기대풍류이다. 경기대풍류는 염불 장단으로 연주하는 긴염불로 시작해 반염불, 삼현타령, 느린허튼타령, 중허튼타령, 자진허튼타령, 굿거리, 자진굿거리, 당악(휘모리) 순으로 진행되는데, 염불로 곡을 시작한다고 하여 '염불풍류'라고도 부른다.° 앞서 순서대로 나열한 악곡은 장단의 이름이다. 우리 음악은 타령, 굿거리 등 장단 이름이 곧 악곡의 이름이 되는 경우가 많다. 그만큼 전통음악에서는 장단이 절대적으로 중요하다.

2018년 여름에 서울특별시무형유산 제44호인 삼현육 각을 이수했다. 삼현육각의 해금 보유자 김무경 선생님 께 2015년부터 꼬박 3년간 열심히 전수받았다. 해금이 무형유산의 일원으로 지정된 것은 삼현육각이 처음이었 다. 전수생으로 들어가게 된 계기는 고등학교 때 만난 스 승 김성희 선생님의 소개였다. 그동안 해금에는 문화유산 보유자가 부재했던 터라 기대감으로 술렁이는 분위기였 다. 선생님이 1기 전수자로 전수를 받으면서 제자인 나 는 3기 전수자로 들어가게 되었다. 앞서 언급했듯이 삼 현육각은 관악 편성이다. 따라서 삼현육각보존회에서는 관악 편성으로 연주하는 「관악영산회상」, 「취타풍류」, 「염불풍류」, 세 곡을 전수한다. 「관악영산회상」과 「취타」 의 경우 두 갈래로 전승이 되는데, 국립국악원을 중심으

○ '대풍류'라 함은 삼현육각 편성으로 연주되는 악곡을 통칭하여 이르는 용어 로 사용되었다. 그러나 지영희 명인이 정리한 이 악곡은 대풍류의 범주에 속하 는 기존 악곡들과 구별하기 위하여 '염불풍류'로 불리게 된다. 궁중에서 전승 된 대풍류 악곡들은 악곡의 이름이 독자적으로 더 불리게 되었고, 민간에서 전 승된 삼현육각 편성의 곡들 중 '염불풍류'가 '대풍류'라는 이름과 혼용되어 전 승된다(지영희 명인이 1969년에 직접 집필한 해금 교본은 이 악곡을 '대풍류곡'으로 기재해놓았다). 따라서 이 악곡을 '염불풍류'로 부르는 것이 적확하지만, 현재 이 악곡을 일컫는 보편적인 명칭은 '대풍류' 또는 '경기대풍류'이기에 이 글에 서는 '경기대풍류'로 대체한다.

로 전승되는 한 갈래와 민간에서 전승되는 한 갈래가 있다. 후자의 경우, 삼현육각이 문화유산으로 지정되면서 현재 삼현육각보존회가 전승의 중심축을 맡고 있다. 전수 과정에 부침이 없었다고는 할 수 없겠다. 전수를 완주하고 이수를 받을 수 있었던 건 전적으로 보유자 김무경 선생님 덕이다. 전수받아야 하는 악곡 세 곡을 합치면 한 시간이 훌쩍 넘는데 이수 시험을 볼 때는 이 세 곡을 모두 암기해서 연주해야 했다. 또 삼현육각의 정의와 계보 등을 서술하는 필기시험도 치러야 했다. 연일 계속되는 투어 일정을 소화하며 부지런히 곡을 외웠다. 비행기에서도, 유럽의 드넓은 벌판을 달리면서도 악보를 외웠다. 이수 시험과 박사과정 입시가 같은 시기에 있었기에 정말 손가락이 너덜너덜해지도록 연습하고 악보를 외우던 시기였다. 김무경 선생님의 격려 덕분에 2018년 8월 23일, 드디어 무형유산 이수증을 받게 되었다. 혼자서는 도저히 도달할 수 없을 것 같은 목적지를 향하는 여정도 늘 누군가의 도움으로 순풍을 맞게 되니 인생의 신비를 여기서도 느끼게 된다.

좋아하는 경기대풍류를 연주하다 보면 늘 길 위의 음악이라는 생각이 든다. 실제로 대풍류가 연주되던 장소가 그랬고 해금의 역사가 또한 그러하다. 해금은 고려 예종 때 중국을 통해 한반도로 유입되었다. 만주의 요서 지역에 거주하던 '해족(奚族)'이 사용하던 악기가 중국을 거쳐 한국에 들어왔다는 설이 있다. 해금의 입장으로서는 오랜 시간의 여행 끝에 한국에 도착한 것이다. 중국을 통해 한국에 유입되었지만 이내 향토화되어 향악기가 된다. 우리나라 고유의 악기와 음악에는 '향(鄕)'이라는 글자를 앞에 붙여 구분하는데 이를테면 향피리, 향악 등이 그에 해당된다.

조선시대의 음악 총서 『악학궤범』에 의하면, 조선 중기 이전까지만 해도 해금 연주법은 지금과 달랐다. 지금은 줄을 당겨 탄성을 조절해 음의 높낮이를 만드는 역안법(力按法)을 사용하나, 이전에는 음이 소리 나는 위치로 운지를 이동해 연주하는 경안법(輕按法)을 사용했다. 중국의 악기인 얼후와 같다. 경안법을 사용했을 때의 특징은 음정을 정확히 낼 수 있고 속주를 하기에는 용이하나, 굴곡이 지고 표현의 폭이 넓은 다소 거친 음악을 연주하기에는 한계가 있다. 궁중음악이 아닌 우리 민속음악의 특징을 보면 음을 떠는 폭이 깊고 한 음을 내더라도 소리의 질감을 여러 가지로 표현하며 입체감을 만들어낸다.

썩 좋아하지 않는 표현이기는 하지만 '한의 민족'이라는 말이 있을 정도로 우리 음악에는 어떤 정서가 존재한다. 일상의 이면에 존재하는 이 깊은 정서는 경안법의 연주 기법으로는 도무지 표현되지 않는다. 어쩌면 삶의 감정 들을 소리로 자꾸 표현하다 보니 더 깊은 소리의 질감을 만들어낼 수 있는 역안법으로 연주 기법이 바뀌지 않았 을까?

2020년 12월 4일, 종로구 효자동에 위치한 공연장이자 스튜디오인 오디오가이에서 '3현 3색'이라는 공연을 올 렸다. 국악기 중 대표적인 현악기인 가야금, 아쟁, 해금 의 대표주자 3인을 선정해서 연주를 들어보고 대담 시간 도 갖는 일종의 토크 콘서트였다. 숙명여대 송혜진 교수 님이 연주자를 선정하고 해설도 맡았다. 인터뷰를 위해 사전에 교수님과 미팅을 가졌다. 좋은 해금 연주자들이 넘치는 상황에서 왜 나를 선정하셨는지 묻지 않을 수 없 었다. 교수님은 그동안 잠비나이 활동을 하며 겪었던 모 든 경험과 시간이 어떤 모습으로든 소리에 숨어 있을 거 라 확신했고, 그 모습이 어떻게 연주로 발현되는지 무척 궁금했다고 했다. 좋은 연주자는 많지만 특별한 경험을 한 연주자들은 그리 많지 않다고. 답을 듣고 나니 좀 더

편안하게 있는 그대로의 나를 관객에게 보여드리면 되겠다는 생각이 들었다.

공연은 듣고 싶은 곡을 사전에 관객에게 신청받고, 그 중에 연주할 만한 곡을 선정해 준비한 순서와, 지영희 류 해금산조, 경기대풍류, 자작곡인 「굴절의 법칙」 등으로 꾸몄다. 공연을 준비하며 가장 좋아하는 전통악곡인 경기대풍류를 빼놓을 수 없었다. 다만 삼현육각 편성으로 연주되는 곡을 혼자 연주해보기로 한 것이 큰 결정이었다. 경기대풍류를 연주하기에 앞서 곡에 대한 사유를 관객과 나누는 시간에 '길 위의 음악'이란 표현을 사용했다. 실제로 이 곡이 연주되던 장소가 그러했고, 선율이 주는 감상이 그렇다. 경기대풍류는 다른 악곡보다 가히 추성과 퇴성이 많다. 추성은 음을 끌어올리는 주법이고 퇴성은 음을 풀어 내리는 주법이다. 또 서양음악에서 글리산도라고 칭하는 주법인 줄을 훑으며 음을 이동하는 주법이 대거 등장한다. 방안에 단정하게 앉아 소리를 다듬는 느낌이 아닌, 길 위를 이리저리 비틀대며 걷는 모양새와도 비슷한 느낌이다. 그 모양새를 가장 보기 좋게 흉내 낼 수 있는 구조를 가진 악기가 해금이기도 하다. 따라서 해금으로 연주하는 경기대풍류에 '길 위의 음악'이라는 표현을 붙여본 것이다. 피리와 대금 없이 해금을 전면으로 내세워 연주하니 그런 음의 움직임이 더욱 역동적으로 보였다. 혼자서 연주하는 경기대풍류가 제법 마음에 들어 이후로도 종종 개인 연주가 있을 때면 해금 솔로 경기대풍류를 연주하곤 한다.

해금은 손가락으로 줄을 만지는 그대로 소리가 탄생한다. 음의 이름을 부여받지 못해 악보에는 존재하지 않지만 '미분음'이라는 명칭으로 우주를 떠도는 수많은 소리를 모두 만들어낼 수 있는 악기이다. 그러므로 해금이 표현할 수 있는 감정의 폭은 무궁무진하고, 연주자의 연주 편차가 큰 악기이기도 하다. 바로 이런 점이 잠비나이에서의 해금 선율을 더욱 의미 있게 만든다. 잠비나이 음악의 매력 중 하나는 음악으로 표현하는 감정의 폭이 크다는 점이 아닐까. 고요하다가 요동치기 시작해 이내 극한으로 치달았다 다시금 사그라드는 일련의 감정들을 섬세하게 표현하는 데에 해금이라는 악기가 아주 효과적으로 사용된다.

음악 작업을 하다 보면 해금의 여정과 경기대풍류를 떠올리게 된다. 오랜 시간 길 위에서 많은 이들의 위로가 되고 즐거움이 되어 나에게까지 온 여정을. 여전히 길 위를 걷는 음악이라는 점에서 경기대풍류와 나의 음악은 그리 멀지 않다. 대한민국을 비롯해 세계 각지에서 오늘도 여전히 길 위를 걷고 있는 나와 나의 음악. 또한 시간이라는 길 위를 걸어 미래의 누군가에게 가 닿을 나의 음악.

영감의 원천들

        대학교 3학년 때 기숙사 생활을 했다. 새로 생긴 기숙사는 지방 학생들을 위주로 추첨을 했다. 새로 생겼다고 해봤자 이사를 간 국가정보원 건물을 재정비해 사용하는 것이었지만. 그 무렵 아버지의 사업 때문에 가족들이 모두 중국에 거주하고 있었기 때문에 나는 기숙사 배정 1순위였다. 자취방의 월세 부담을 줄일 수 있었기에 함께 자취하던 친구와 함께 지원했다. 신기하게도 친구와 나는 기숙사에서도 한 방에 배정됐다. 한 방의 정원은 4명이었다. 현관을 들어오자마자 왼편으로 욕실이 있었고, 2층 침대 두 개가 방 안쪽에 양쪽으로 자리했다. 욕실과 침대 사이에 책상이 있었다. 개강 전날 짐을 옮기고 있는데 처음 보는 또래가 꼬마 남자애와 방에 들어왔다. 나이 터울이 많은 막내 남동생의 손을 잡고 들어온 친구는 미술원 학생이라고 했다. 같이 살게 될 친구였다. 나이도 동갑이었다. 우리는 곧 친해졌다. 많이 친해졌다. 지금까지도 절친으로 지내고 있다. 방을 같이 쓰면서 그 친구는 전통예술원 친구들과도 친해졌다.

친구 종민이는 미술원을 수석으로 입학한 인재였다. 입학하자마자 삭발을 하는 파격 행보를 보여 엄마를 놀래켰다는 그녀는 조신하게 전통음악만을 연습해오던 우리의 일상에 즐거운 균열을 내기 시작했다. 일단 우리의 복장을 바꿔놓았다. 한겨울에 야상점퍼에 쉬폰드레스를 믹스매치하고 당시 한국에 갓 수입되기 시작했던 버켄스탁을 신고 나타나는 그녀의 패션 센스에 우리는 늘 놀랐다. 야상점퍼에는 청바지에 운동화를 신어야 하고 쉬폰드레스에는 구두에 백을 들어야 어울리는 거라는 고정된 시선으로는 따라잡기 여간 어려운 게 아니었다. 방에서 종민이와 가장 친했던 나는 스타일링에 있어 큰 수혜를 봤다. 종민이를 따라 동대문이며 빈티지샵 등을 돌아다녔다. 그 결과 넉넉하게 몸을 덮고 있던 면바지는 스키니진과 쫄티로 바뀌었다. 종민이의 파급력은 패션부터 차근히 스며들어 종국에는 미술에까지 관심을 갖게 만들었다.

종민이는 때때로 침대에 드러누워 스케치북에 슥슥 우리를 휘갈겼다. 낙서하듯 펜을 몇 번 왔다 갔다 했을 뿐인데 종이엔 기가 막히게 내 모습이 있었다. 얼굴을 그려줄 때도 있었고 누워서 핸드폰 하는 모습을 그려줄 때도 있었다. 그렇게 빨리 그리는데 어떻게 내 얼굴이 있을 수 있냐고 물었더니 크로키 기법이라고 했다. 그림을 그리는 행위가 궁금해졌다.

종민이와 방을 쓰고 한 학기가 지난 후 다음 학기에 미술원 수업을 신청했다. 전공 선택 과목이었는데도 타과에 열려 있길래 신청하고 수업에 들어갔다. 선생님은 타과에서 이 과목을 신청한 사례는 한 번도 없다고 하며 당황해하셨다. 그것도 음악을 하는 과에서는. 선생님은 잠시 고민하시더니 그럼 음악과만의 방식으로 미술을 풀어보라고 하시고는 수업에 받아줬다. 악기를 가져와서 연주를 해도 된다고 했다. 과제는 두 가지였다. 그리스 신화의 캐릭터 하나를 선정해서 작업해보는 것과 일상에서 자주 접하는 무언가를 주제로 매일 그림을 그려보라는 것이었다. 그림을 그려본 것은 초등학교 때 산불조심 포스터와 미술학원을 몇 개월 다닌 것이 전부였다. 일단 과제의 대상은 쉽게 정할 수 있었다. 그리스 신화는 너무나 좋아해서 아라비안나이트와 함께 어릴 때부터 끼고 살았다. 가장 좋아하는 에피소드인 '에로스와 프쉬케'를 선택했다. 에로스는 내 첫사랑일 정도로 이 에피소드를 좋아했다. 일상에서의 무언가는 매일 들고 다니는 립스틱 모양의 립밤으로 정했다. 이제는 그림을 그릴 차례였다. 아무것도 없는 백지에 첫 점을 찍는 것은 생각보다 어려운 일이었다. 악보는 다섯 줄의 이정표라도 있건만.

스케치북을 열면 종이는 하얀데 눈앞은 깜깜해졌다. 그래도 나에게는 종민이가 있었다. 사물을 보고 어떻게 연필로 따라가야 하는지 가르쳐줬다. 서툴지만 보이는 그대로 매일 그렸다. 실력과는 상관없이 처음 해보는 일이라 재밌었다. 늘 청각과 손가락의 감각만을 사용하다 눈의 감각을 사용하니 오감이 자극되는 것 같았다. 매일 똑같은 사물을 그린다는 것은 특별한 경험을 불러일으켰다. 몇 주간 보이는 그대로 똑같은 그림을 그리다 보니 조금씩 지루해지기 시작했다. 지겹다기보다는 내가 그린 그림이 지루했다. 눕혀놓고 그리던 것을 세워서 그리기 시작했다. 그러다 뚜껑을 열고 그렸고 립밤을 끝까지 돌려 내용물을 다 빼내 그리기도 했다. 여러 가지 각도로 립밤을 바라봤고 끝내 립밤에 서사를 넣기 시작했다. 안에서 혀가 나오는 립밤, 컨베이어 벨트에서 출고를 기다리며 줄지어 선 립밤, 팔이 달려 제 뚜껑을 직접 여는 립밤 등 립밤에 대한 상상력은 끝을 모르고 쏟아져 나왔다. 백지에 점 하나 찍기가 두려워 망설였는데 어느새 스케치북 한 권을 다 채웠다. 이 미술원 수업을 통해 나는 분명 이전과는 달라졌다. 내 주변에 한정된 자원을, 즉 같은 것을 새롭게 보는 시선이 예술에 있어 얼마나 중요한지, 그리고 그것은 어느 날 운명처럼 오는 것이 아닌 꾸준함으로부터 시작된다는 것을 깨달았다. 말도 안 되는 호기로 미술원 수업을 신청했지만 결국 A+의 성적을 받아내며 학기를 마쳤다.

꾸준함은 실로 작업에 큰 영향을 미친다. 연습에 있어 꾸준함은 당연한 것이지만 가끔 창작에 있어서는 꾸준함보다는 즉흥성이 강조되곤 한다. 창작은 영감이 중요한 작업이기는 하지만 꾸준함이 받쳐주지 못하면 완성하기 어려운 영역이기도 하다. 스티븐 킹은 『유혹하는 글쓰기』에서 좋은 글은 꾸준함과 노력에서 탄생한다고 언급한다.

좋아하는 작곡가 선생님께 어느 날 물은 적이 있다.

"선생님, 어떻게 이렇게 아름다운 곡을 쓰세요? 대체 그 분이 얼마나 자주 찾아오시는 거예요?" 선생님은 "그분 같은 건 없어. 매일 아침에 일어나서 책상으로 출근해. 어딘가에 의무적으로 출근할 필요는 없는 사람이지만 그 곳이 내 일터니까. 한 음도 못 쓰는 날이 있어도 책상에 가서 앉아. 곡은 그러면 나오게 돼 있다." 예상 밖의 대답 이었지만 곰곰 생각해보니 맞는 말이었다. 하긴 모차르 트로 태어난 사람이 얼마나 되겠나. 모차르트가 아닌 이 상 쌀알만큼 가지고 태어난 재주를 매일 들여다보고 불 씨가 꺼지지 않도록 풀무질해야 하는 것이다. 이 꾸준함 의 덕을 본 경험이 나에게도 있었다.

박사과정 1년 차였다. 2018년 2학기 과정으로 입학했 으니 해가 지나 2019년이 되었어도 아직 1년 차였다. 여 느 대학과 마찬가지로 단국대도 봄이면 학생들의 정기 연주회인 춘계연주회를 열었다. 춘계와 추계, 일 년에 두 차례 정기연주회를 통해 학생들의 연습량도 증진시키고 무대 경험도 쌓게 한다는 취지였다. 2019년 춘계연주회 는 각 파트별 앙상블 공연으로 기획되었다. 근 20년 동안 국악계에서는 동일 악기의 앙상블 공연이 확연히 늘었 다. 모든 악기가 함께 곡을 연주하는 관현악기 편성에서 해금이면 해금끼리, 가야금이면 가야금끼리 앙상블을 만들어내는 동일 악기 앙상블 공연이 성황이었던 것이다. 같은 악기끼리 연주해서 음색이 묻힐 수도 있겠다 싶지만 같은 음색으로 결과물을 만들어야 하기에 훨씬 섬세해지는 면도 있다. 단국대 역시 각 악기별로 앙상블의 날을 만들었다. 교수님은 나에게 이 공연에 올릴 해금과 아쟁을 위한 곡을 위촉했다. 큰 숙제가 내려진 것이다. 그동안 곡을 쓰는 행위는 나를 위한 것이었는데 이건 얘기가 달랐다. 나는 전문 작곡가가 아니다. 체계적인 작곡 교육을 받지도 않았고 그간의 작업은 스스로 표현하고 싶은 감정들을 소리로 더듬어보는, 굉장히 감각적인 작업에 불과했다. 그마저도 세상에 발표한 것은 하나도 없었다. 이 위촉곡은 곧 나의 개인 창작 데뷔작이 될 터였다.

중압감이 대단했다. 내 이름을 걸고 처음 세상에 내놓는 곡이 20여 명이 연주해야 하는 대곡이라니. 그것도 내가 연주하는 것이 아닌 타인의 소리를 빌려 무대에 올려야 하는 작업이었다. 우선 악보 작업을 할 수 있는 프로그램을 구입했다. 시간이 많지 않았기에 배우기 쉬운 프로그램을 골랐다. 이제 무엇이라도 악보 위에 채워 넣어야 했는데 막막했다. 어떤 주제를 갖고 곡을 써야 하나.

적어도 7~8분은 만들어야 할 텐데. 소규모 인원이라면 무작정 만나 즉흥적으로 이 소리 저 소리 내어보며 작업하겠지만 연주할 인원은 해금과 아쟁 파트 전 학년이었다. 아카데믹한 곡 작업은 불가능하니 음악 안에서 서사를 만들어나갈 수 있는 주제를 찾는 게 최선이었다. 이야기에서 힘을 빌려와야겠다 싶었다.

마침 그 무렵 읽은 김영하 소설가의 『검은 꽃』이 떠올랐다. 시간 가는 줄 모르고 빠져들어 읽었고 마음에 깊이 남았던 작품이었다. 『검은 꽃』은 구한말 해외 이민정책을 통해 멕시코로 넘어간 이민자 1세대들이 불공정 계약으로 노예와 다름없는 생활을 하며 겪었던 애환을 그린 소설이다. 믿을 수 없을 만큼 처참했던 과거의 진실을 마주하며 느꼈던 비극을 음악으로 풀어봐야겠다 생각했다. 그러나 어떻게 풀어갈지가 관건이었다. 밥을 먹으면서도 운전을 하면서도 하루종일 소설 내용만 생각했다. 풀리지 않는 숙제를 안고 며칠을 그렇게 보내다 어느 날 아침 샤워를 하던 중에 갑자기 멜로디 한 소절이 흘러나왔다. 대충 씻고 문을 박차고 나와 책상 위의 오선보에 냅다 휘갈겼다. '이따가 옮겨야지' 하면 금세 머리에서 휘발되어 잊은 것이 한두 번이 아니었기에 지체없이 기록했다. 다시 욕실로 들어가 샤워를 마친 후 책상에 앉았다. 이제 이 단편적인 조각으로 어떻게 틀을 만들고 살을 채워 나갈지가 문제였다. 주제선율이 나왔지만 며칠 동안은 또 진전이 없었다. 침대에 누워 빈둥거리며 '어떡하지'만 타령처럼 읊는 날들이 흘렀다.

그러다 문득 작곡가 선생님이 전에 해주신 이야기가 생각났다. 벌떡 일어나서 책상 앞으로 가 앉았다. 빈둥거려도 오선보를 보며 빈둥거려야겠다 생각했다. 선생님의 말처럼, 일어나면 세수를 하고 책상 앞으로 출근했다. 밥도 오선보 앞에서 먹었고 커피도 오선보 앞에서 마셨다. 거의 지박령처럼 책상에 붙어 있었다. 일단 물리적으로 세팅이 되니 정신도 책상 앞에서는 작곡가 모드로 전환이 되는 듯했다. 한 음도 못 쓴 날도 있었고 쭉 쓰다가 다시 다 지워버린 날도 있었다. 신기한 건 억지로라도 써낸 몇 개의 음정 덕에 이야기가 이어지기도 했다. 그 몇 개의 음정에 영감을 받아 그다음 마디가 나오는 식이었다.

더디지만 조금씩 곡이 만들어졌다. 1악장을 만들고 보니 그 주제의 리듬을 약간 비틀어 변화를 주고 싶은 마음이 생겼다. 그렇게 빠른 장단의 2악장도 만들고 1~2악장의 전개를 모두 해소하는 3악장까지 총 12분여에 달하는 곡을 만들었다.

학생들은 열심히 연습해서 곡을 무대에 올렸다. 내 곡을 내가 아닌 다른 사람의 연주로 듣는 것은 무척 신선한 경험이었다. 내 의도와 다르게 연주되어 아쉬운 부분도 있었고, 머릿속으로만 상상하던 소리가 실제로 구현되어 심장이 터질 것 같기도 했다. 전에 없던 새로운 형태의 꾸준함으로 만들어낸 결과물이었다.

영감을 얻을 수 있는 것은 도처에 있다. 소설의 이야기일 수도 있고 아끼는 반려동물일 수도 있다. 식물을 키우고 있다면 식물의 생명력이 영감의 원천이 될 수도 있다. 실제로 2020년에는 그 무렵 키우고 있던 알로카시아의 잎에서 영감을 받아 「결」이라는 곡을 써서 ACC월드뮤직 페스티벌에 올리기도 했다. 식물의 잎을 가만히 들여다보면 혈관처럼 조직이 보이는데 어찌나 촘촘하고 유기적인지 하루는 종일 그것만 바라보았다. 그 가느다란 관으로 쉼 없이 수분과 양분을 실어 나르는 모습을 상상해보고는 그 생명력에 감탄하다 나온 곡이었다. 매일 변함없이 반복되는 해 지는 모습이 어느 날 특별하게 다가오기도 하고, 일상의 소음들—이를테면 수도꼭지에서 떨어지는 물방울 소리—에서도 영감을 얻을 수 있다.(실제로 일본의 뮤지션 코넬리우스는 지속적인 물방울 소리에 리듬을 얹어 「Drop」이란 곡을 만들기도 했다.)

최근에는 가수 태민이 나의 뮤즈 역할을 했다. 코로나 시기에 유튜브를 보다 우연히 그의 무대를 접했는데 일주일 동안 잠을 못 잤다. 그가 연출하는 무대가 너무 매혹적이어서 넋을 잃고 돌려봤다. 그의 무대는 남성도 여성도 아닌, 신도 인간도 아닌, 선도 악도 아닌, 그 경계의 어디쯤을 보여주는 것 같았다. 어느 것도 아니어서 그 모든 것이기도 했다. 일단 플레이하면 한 번도 가본 적 없는 세계로 나를 끌고 가고 있었다. 선과 악이 동시에 존재하는 그의 얼굴을 보면서 내 소리도 이렇게 오묘하면 좋겠다는 생각을 했다. 어디에도 속하지 않아 모든 것을 만들어낼 수 있는 소리. 케이팝에 전혀 관심이 없던 나는 놀랍게도 코로나 시기에 처음 태민을 알게 됐다.(그 당시 이미 데뷔 13년 차였다고 한다.) 딱 마흔 살이 되던 해였다. 그다지 흥미로운 것도 새로울 것도 없을 나이에 어떤 무대에 이토록 자극을 받을 수 있다는 것이 놀라웠다. 그간 케이팝에 대해 부정적인 시선으로만 일관하던 나의 어리석음에 큰 균열을 가져온 사건이었다. 그의 열렬한 팬이 되어서 그의 행보를 따르다 보니 그가 얼마나 성실한 아티스트인지 알게 되었다. 그의 꾸준함은 누군가에게 큰 영감의 원천으로 피어올랐다.

영감은 어디에나 존재한다. 다만 그것이 영감이 될 수 있음을 알아차리기 위해 주변의 익숙한 것들을 늘 새롭게 보는 시선이 필요하다. 그리고 그것을 멋진 작품으로 완성하는 힘은 꾸준함에서 나온다는 것을, 우리가 사랑하는 많은 아티스트가 몸소 보여주고 있다.

음악이 위로가 된다는 말

20대를 지나 서른 살이 되었을 때 나는 과거의 부모님처럼 가정을 이룬 것도 아니었고, 선생님들처럼 높고 훌륭한 자리에 있지도 않았다. 여전히 불안한 프리랜서의 삶을 살고 있었고(지금도 마찬가지이지만), 해금으로 딱히 이루어놓은 성과도 없었다. 프리랜서의 가장 큰 단점은 경제적인 미래 설계가 어렵다는 점이다. 그저 당면한 스케줄을 해내고 언젠가 찾아올지 모르는 기회를 잡기 위해 혼자 준비하는 것이 할 수 있는 전부다. 졸업 후, 어디선가 공연 제안이 들어오면 그 공연이 끝이 되지 않도록, '다음'이라는 기회를 잡기 위해 무던히 노력했다. 악보가 있는 공연은 곡을 외울 정도로 준비했고, 악보가 없는 즉흥적인 무대라면 연주할 수 있는 모든 경우의 수를 준비해 갔다. 나를 꼭 다시 찾도록, 나여야만 하게끔 섭외된 공연에서 최대치의 모습을 보여줬다. 늘 내가 감당할 수 있는 그릇보다 넘치게 준비했고 무대에서 다 쏟아냈기 때문에 여유라는 것이 없었다. 무대 위에서의 실수는 용납할 수 없는 일이었다. 다행인지 불행인지 공연이 많았고, 개인적인 발전을 위해 연습을 해본 적이 있었던가 싶을 만큼 집으로 돌아오면 손 하나 까딱할 수 없는 날들의 연속이었다. 늘 내 능력에 넘치는 무대를 만났기에 그것을 수행하느라 그릇을 억지로 조금씩 넓혀 나가야만 했다. 결과적으로는 성장하는 과정이 되었지만 그렇게 일하는 동안 정작 나 자신을 돌보지 못했던 것 같다.

그 시절 참 많이도 아팠다. 6개월 동안 제대로 걷기 힘들 정도로 전정신경이 손상돼 늘 어딘가를 짚고 다녔고, 돌발성 난청이 찾아오기도 했다. 예측도 없이 심장이 덜컹거리는 느낌에 흉부 전체에 검사 패치를 붙이고 잠비나이의 라이브 영상을 촬영한 적도 있다. 그러나 문제는 다른 데 있었다. 어느 날 문득 몇 년간 울어본 적이 없다는 걸 깨달았다. 나는 눈물이 많은 편이다. 영화나 드라마를 보며 주인공이 되어버리는 것은 필수고 음악을 듣다가도, 심지어는 하늘을 보거나 음식을 먹다가도 왈칵 울음이 차오를 때가 있다. 길을 가는 아이가 아장아장 걷는 것이 예뻐 벅차오르기도 하고 바람이 나무를 훑고 갈 때 떨리는 나뭇잎에도 울컥하며 행복감을 느끼기도 한다. 감동할 일은 도처에 있다. 마음에 아름다움이 머무는 찰나를 붙잡고 싶어 하는 욕망이 강한 탓일까, 도무지 감성이라고는 존재할 수 없을 것 같은 상황에서도 실낱같은 아름다움을 찾아내는 것이 특기이기도 하다.

그런 내가 오랜 시간 울지 못했다는 걸 알아차리지도 못할 정도로 자신과 주변을 돌보지 못하고 있었다. 웬만한 통증에도 둔감해지고 세상도 무채색으로 보였다. 타인의 고통 역시 나에게는 전혀 의미 없는 것이 되어버렸다. 공감 능력이 0이 된 것이다. 지금 그때를 생각하면 그런 걸 두고 '번아웃'이라 하는 걸까 싶다. 마음도 없이 기술적으로 음악을 해석하고 연주하는 날들이 이어졌다. 오랜 시간 울지 못했음을 인지한 후에도 바로 변화가 있는 것은 아니었다. 주어진 일들은 빈틈없이 해나가야 했으니까. 그러던 어느 밤, 2012년 가을이었다.

지금은 안타깝게도 종료된 프로그램이지만 네이버에

'온스테이지'라는 프로젝트가 있었다. 전문 음악 기획위원들이 음악성 있는 숨은 뮤지션들을 큐레이팅해 소개하는 프로젝트였는데 매주 아름다운 영상으로 담아낸 라이브 연주를 큰 플랫폼에서 소개했다. 잘 알던 뮤지션도 있었고 전혀 모르던 새롭고 획기적인 뮤지션도 만날 수 있었다. 그날도 똑같은 하루였다. 고단한 몸을 누이고 온스테이지를 열었다. 건조한 마음으로 올라온 영상을 플레이했다. 귀뚜라미 소리가 은은하게 울리는 바닷가에서 한 여성이 기타 한 대를 안고 노래를 불렀다. 이렇다 할 무대도 조명도 없었다. 그저 조용하고 담담하게 전하는 위로에 갑자기 마음이 우르르 내려앉았다. 기원을 알 수 없을 만큼 오래 묵은 것 같은 격정이 밀려들었다. 걷잡을 수 없이 눈물이 흐르기 시작했다. 눈물은 이내 통곡이 되었고 밤이 새도록 멈추지 않았다. 이유도 없이 그렇게 운 적은 처음이었다. 참고 참았던 둑이 무너지듯 감정의 폭풍이 몰아쳤다. 정작 바쁘게 살거나 감정이 고장 난 것을 알아차렸을 때도 일상생활을 하는 데 불편함은 없었기에 뭔가 잘못되어가고 있다는 생각은 하지 못했다. 이 지점이 정말 무서운 거였다. 잘못되어가고 있다는 것을 전혀 느끼지 못하는 것. 그 밤을 지내고 다행히 감정을 다

시 살필 수 있게 되었다. 강아솔의 「그대에게」. 나를 살
린 노래다. 지금도 마음이 지친 날이면 이 노래를 듣는다.
이 노래뿐만 아니라 그의 목소리에 여전히 큰 위로를 얻
는다.

실제로 공연을 하다 보면 눈물을 흘리는 분들을 많이
보게 된다. 앞서 언급한 일이 잠비나이가 해외 진출을 하
기 전의 일이니, 음악이 위로가 될 수 있다는 것을 이미
잘 알게 된 후 해외 관객과 만나게 된 셈이다. 2014년 봄
북미 최대 규모의 음악, 영화, 스타트업 행사인 SXSW(사
우스바이사우스웨스트)에 참여했을 때였다. 행사 기간 동
안에 텍사스 오스틴 도심이 축제의 현장으로 바뀌고 여
러 개의 행사와 공연이 동시다발적으로 이루어졌다. 잠
비나이도 몇 번의 공연을 했고 그중 한 공연을 마치고 무
대에서 내려오는 길이었다. 한 여성이 우리 팀에 앞서 공
연을 마친 뮤지션이라 자신을 소개했다. 그는 울고 있었
다. 자신이 왜 우는지 모르겠지만 너희의 음악을 듣는 동
안 흐르는 눈물을 멈출 수 없었다고 했다. 들어본 적 없
는 생소한 소리와 음악에 어떻게 이렇게 반응하는지 도
저히 영문을 모르겠다는 눈치였다. 알 수 없는 이유로 눈
물을 흘리지만 너무 아름다운 음악에 고맙다고 연신 인

사를 했다.

2023년 5월에 있었던 유럽 투어에서도 그런 일이 있었다. 벨기에의 딕스무이데라는 도시에서 공연을 했다. 공연을 마치고 잠깐 쉰 후, 악기를 정리하러 무대로 가는 길에 프랑스에서 왔다는 한 일행이 우리를 기다리고 있었다. 예전에 잠비나이의 무대를 봤고 너무 좋아서 오늘 장시간 운전해서 찾아왔다고 했다. 모히칸 헤어스타일에 징 박힌 장신구와 체인 등을 걸친 그의 스타일로 보아 헤비 뮤직을 좋아하는 듯했다. 잠비나이의 강한 사운드를 쫓아 프랑스에서 벨기에까지 내달렸단다. 그런 그가 뜻밖의 고백을 했다. "나 울었어!" 남자는 당황한 듯했다. 그러면서 덧붙였다. "우는 건 정말 내 스타일이 아닌데!" 우리는 그의 말에 한바탕 웃었지만 그 마음이 어떤지 알 것 같았다. 울 준비를 하고 듣는 음악이 어디 있을까? 자기 감정의 민낯과 마주한다는 것은 익숙지 않은 일이다. 더구나 무방비 상태에서는 더더욱. 새롭고 낯선 세계를 만날 때 우리는 감격과 경외를 느끼곤 한다. 이런 감정은 때때로 준비되지 않은 눈물로 발현되기도 한다. 그리고 그 감정을 마주하고 알아차리고 회복하는 일련의 과정들에 음악은 기꺼이 동반자가 되어준다.

이제는 한국에서든 해외에서든 잠비나이의 공연을 보고 눈물을 흘리는 관객을 종종 만나게 된다. 서정적인 곡이 아니더라도 폭풍처럼 몰아치는 기괴한 사운드의 홍수 속에서도 눈물을 훔치는 관객들이 보인다. 눈물의 발원지가 어떤 감정이든 묵은 감정을 털어내고 새로운 감정을 충전하는 데 잠비나이의 음악이 도움이 된다면 기쁜 일이다. 오랜 시간 투어를 하면서 세계 여러 나라의 관객들과 만났다. 공연이 진행되는 동안 눈물을 흘리거나 춤을 추고, 연인과 키스를 나누기도 하고 주문을 외듯 혼자만의 독백을 하는 등 관객들은 다양한 방법으로 공연을 즐겼다. 그들은 아마 각자의 방식으로 음악이 주는 위로를 스스로에게 전하는 것이었을 테다. 무대 위에서 그런 관객들을 보면 마음이 꽉 차오른다. 음악이 주는 위로가 얼마나 다정하고 내밀하며 깊은 것인지 이제는 잘 알기 때문이다.

몇 해 전 BTS의 멤버 RM이 한 해외 잡지와의 인터뷰에서 남긴 말이 생각난다. 과거 밴드 자우림의 멤버 김윤아의 콘서트를 갔는데 한 관객이 울면서 "저는 당신 덕분에 죽지 않았어요!"라고 외치던 모습을 보며, 음악이 정말로 사람을 살릴 수 있다는 것을 깨달았다고. 그래서 자신이 하는 음악 역시 세상에 이로울 수 있도록 긍정적인 태도를 유지하려 한다고. 한 번이라도 음악이 주는 위로에 마음을 실어본 적이 있는 사람이라면 고개를 끄덕일 말이다. "한낱 음악이, 예술이 세상을 바꿀 수 있겠어?"라고 말하는 사람도 있지만 적어도 시간이 걸릴 뿐 가능하다고 말하고 싶다. 예술은 우리 스스로를 회복시킨다. 예술은 인간의 가장 근원적인 문제를 해결할 수 있는 열쇠가 된다. 내가 회복되면 우리가 관계하는 이 사회도 변할 수 있지 않을까? 모든 음악이 꼭 사회적인 목적을 가져야 한다고 생각하지는 않지만 어떤 음악은 사람을 살리기도 하니 말이다.

'상상의 정원'에서

2021년 봄에 국립현대미술관 덕수궁관에서 기획하는 전시인 「상상의 정원」의 음악감독을 맡아달라는 연락을 받았다. 잠비나이의 두 여성 멤버인 심은용과 나에게 음악감독을 부탁하고 싶다는 것이었다. 처음에는 연락이 잘못 온 것인 줄 알았다. 내 경우, 위촉곡은 써본 적 있었지만 음악감독을 해본 경험은 없었기 때문이다. 누구에게나 처음은 있다지만 이렇게 큰 전시의 음악감독을 경력 없는 나에게 맡기다니, 당황해서 나에게 제안이 온 것이 맞는지 대표님께 재차 물었던 기억이 난다. 제안한 주체는 전통공연예술진흥재단으로, 국립현대미술관 덕수궁관과 협력하여 전시의 음악 기획을 맡게 되었다고 했다. 섭외를 진행하는 과정에서 잠비나이가 거론됐고 두 여성 멤버가 미술 작품을 어떻게 음악으로 풀어갈지 감성이 궁금했다고 한다.

이 작업의 가장 큰 목표는 시각적 체험을 제공하는 미술이 청각적 체험을 제공하는 음악과 만나 다양한 공감각적 체험을 불러일으키도록 하는 것이었다. 전시가 끝난 후에는 완성된 음악을 바탕으로 뮤직비디오를 제작하는 것이 프로젝트의 최종 목표였다. 본격적으로 작업에 들어가기 전에 여러 번의 미팅과 스터디가 진행됐다. 덕수궁이 변모하는 모습은 역사적으로 많은 의미를 담고 있기에 그 과정을 정확히 아는 것이 중요했다. 왕실의 소유였던 궁이라는 공간이 일제에 의해 근대공원으로 바뀌며 우리가 잃은 것과 얻은 것을 정확히 바라보는 것이 「상상의 정원」 작업의 시작점이었다.

총 10명의 작가의 10개 작품이 덕수궁 정원에 전시되었다. 권혜원 「나무를 상상하는 방법」, 황수로 「홍도화」, 김명범 「원(ONE)」, 김아연 「가든카펫」, 이용배×성종상 「몽유원림」, 신혜우 「면면상처: 식물학자의 시선」, 윤석남 「눈물이 비처럼, 빛처럼: 1930년대 어느 봄날」, 이예승 「그림자 정원: 흐리게 중첩된 경물」, 「구곡소요」, 지니서 「일보일경」이 그것이다. 작품은 덕수궁 정원 곳곳에 배치되어 작품의 동선이 그려진 지도를 따라 관람하면 정원을 모두 살펴볼 수 있도록 기획되었다. 우리는 일정 기간의 스터디를 마치고 작가와 작품을 선택했다. 작가들은 이번 전시에 선보일 작품의 간략한 설명과 참고사진을 첨부해 이해를 도왔다. 모든 작가의 작품에 음악을 만들 수 있는 것은 아니었다. 자신의 작품에 음악이 함께하길 바라는 작가에 한해서 협업이 이루어질 예정이었다. 우리는 각자 두세 개의 작품을 선택했다. 그 가운데 최종적으로 은용과 내가 각각 윤석남 작가의 「눈물이 비처럼, 빛처럼」과 김아연 작가의 「가든카펫」을 맡고 둘이 공동 작곡으로 김명범 작가의 「원(ONE)」을 맡게 되어 총 세 작품이 음악과 함께하게 되었다.

조경가이자 설치미술작가인 김아연 작가의 작품은 처음에 약식으로 설명을 접했을 때부터 매우 흥미로웠다. 실내장식의 상징인 카펫을 실외인 마당으로 옮겨내 물리적 경계를 허문다는 의도가 상당히 흥미로웠다. 겨울에는 정원을 가꿀 수 없기 때문에 과거의 사람들에게는 겨울에도 시들지 않는 정원이 필요했다. 정원의 상징인 꽃과 나무를 천에 수놓고 실내로 들여와 겨울에도 자신만의 정원을 즐긴 것이 카펫의 시작이었다고 한다. 그러니 탄생의 근원을 살펴본다면 카펫은 그야말로 실내에 존재할 수밖에 없는 물건인 것이다. 이런 카펫이 어떻게 밖으로 나올 수 있을지. 작업 과정이 너무도 궁금하고 경계를 허무는 발상이 흥미로워서 꼭 작가님과 매칭되기를 바랐었다. 김아연 작가는 카펫을 밖으로 옮겨오면서 고종 일가가 실제로 석조전 접견실에서 사용했던 카펫의 문양을 고증해 나무판 위에 재현했다. 또 카펫의 테두리에는 실제로 식물을 식재해 계절에 따른 식물의 변화 과정을 엿볼 수 있도록 설치했고 실내와 실외의 상징을 한 공간에 혼재하도록 하여 물리적 경계를 허물었다. 동양과 서양, 인공과 생명이 혼종되는 작품을 만들어낸 것이다. 예술 작품이란 언제나 그것을 체험하고 있을 때 다른 차원으로 견인하는 힘이 있어야 한다고 생각해왔다. 그런 측면에서 이 '가든카펫'이라는 작품의 초월적인 개념이 정말 매력적이었다. 가능하다면 영혼의 마지막 한 방울마저 짜내어 작품에 걸맞은 음악을 만들어보고 싶었다. 음악을 통해서 느끼는 공간감이 얼마나 확장될 수 있는지도 궁금했다.

김아연 작가와는 작업하는 동안 틈틈이 메일로 작업

과정을 공유했다. 작가님은 가든카펫의 작업 과정을 비롯해 그동안의 작품들과 인터뷰 등을 공유해주었고, 나는 이 작품을 통해 느끼는 감성에 근접한 음악들을 레퍼런스로 보내기도 했다. 작품 설치가 진행되는 과정들을 사진으로 보며 이 작품에 어울리는 음악적 스케일에 대해 고민했다. 작품은 상당한 규모였다. 큰 나무판으로 설치된 작품 위에는 수십 명이 올라가고도 남았다. 작품에 올라앉으면 뒤로는 정관헌을, 앞으로는 덕홍전을 마주하게 된다. 오랜 시간이 쌓인 두 건축물 사이에 놓인 이 거대한 작품 위에 앉으면 시공간을 초월하는 경험을 하게 되는 것이다. 이 오묘한 시간 여행을 음악이 기필코 도와야 했다.

나는 여러 악기를 사용하는 것보다 해금이라는 악기가 가진 질감을 여러 겹 중첩시키며 공간을 확장하는 방법을 써보기로 했다. 녹음된 각 트랙은 각기 다른 음을 쌓으며 오래된 암석의 지층과 같은 사운드를 만들어냈다. 음악을 만들면서 꾸준히 가든카펫 위로 흐르는 구름과 덕수궁의 흘러간 시간을 생각했다. 백 년 전 어느 날에도 변함없이 펼쳐졌을 하늘의 연속성과 훌쩍 건너뛴 시간 사이에서 우리는 과거의 사람들과 어떻게 만날 수 있을까. 앞서 제시된 주제선율이 뒷부분에 반복되는데 아래를 받치는 베이스 노트에 변화를 주며 분위기를 환기시키기도 했고, 보컬을 사용해 공간감을 확장해보기도 했다. 목소리는 정가 창법을 구사하는 보컬리스트 박민희에게 부탁했다. 이번 작업에서는 특히나 믹싱과 마스터링의 중요성을 통감했는데, 아무래도 개인 작업이다 보니 기존의 잠비나이 작업에서는 하지 않았던 프로듀싱의 역할을 해내며 음향에 관해서 많은 것을 느낄 수 있었다. 수정본이 계속 오가며 약간의 차이에도 음악적 결과물이 크게 달라지는 것을 느꼈다. 믹싱의 역할이 크다는 것은 이미 잘 알고 있었지만 마스터링에 따라 음악의 입체감이 몰라보게 달라진다는 것을 느낀 것은 나로서도 큰 발견이었고 발전이었다. 마스터링 전에는 잘 연주하는 악단의 무대를 객석에서 보고 있는 느낌이었다면, 마스터링을 마친 음원을 들었을 때는 마치 내가 연주하는 악단 한가운데에 있는 느낌이었다. 사운드의 입체감에 따라 음악적 체험이 달라질 수 있겠다는 생각을 머리가 아닌 피부로 느낀 사건이었다.

6분 남짓한 길이의 음악이 완성되었다. 미술 작품과 협업을 하는 것은 쉬우면서도 어려운 작업이었다. 영감의 대상이 있다는 것은 기댈 곳이 있는 것처럼 의지가 되었지만 한편으로는 한계가 되기도 했다. 작품이 가진 이미지와 이야기를 해치지 않아야 했기 때문이다. 작품이 가진 이미지와 조금이라도 벌어지는 느낌이 들면 다시 수정을 거듭하며 작품의 의도를 상기시켰다. 작품 위에서, 작품을 앞에 두고 음악을 듣는다면 어떤 감상을 전해야 할지 거듭 생각했다. 음악이 완성되고 나서는 다행히 김아연 작가님도 만족하셨다.

공동 작곡을 하기로 한 김명범 작가의 「원(ONE)」은 다른 맥락에서 고민이 있었다. 하나의 미술 작품을 토대로 두 사람이 공통의 영감을 피워올려야 했다. 즉조당 앞 푸른 잔디 위에 우뚝 선 한 마리의 사슴. 사슴은 뿔 대신 수없이 뻗어나간 나뭇가지를 머리에 얹고 있다. 작품을 통해 한 마리의 사슴이 죽어 땅의 흙이 되고 다시금 나무로 피어오르는 생명의 순환을 표현하고자 한다고 했다. 우리는 서로 이 작품을 어떤 감성으로 해석하고 있는지 의견을 나누고 조율하는 것으로 작업을 시작했다. 사운드의 특성상 거문고가 곡의 뼈대를 담당해야 했다. 은용이 만들어 온 곡에 나의 의견을 덧붙이는 식으로 곡 작업이 진행됐다. 은용은 하나의 리프를 만들어 반복시키

며 해금을 비롯해 여러 악기를 시간의 흐름에 따라 배치
했다. 거문고의 주 선율이 끝까지 반복되는 구성은 작품
이 표현하고자 하는 생명의 영속성을 나타내기에 적합
했다. 그러나 생명이 소멸되고 다시 태어나는 순환에 있
어 한 번의 전환점이 있듯이 곡에도 이런 전환점이 필요
할 듯싶었다. 그래서 마이너(단조)로 진행되는 은용의 곡
에 메이저(장조)로 전환되며 곡의 정서가 바뀌는 부분을
만들어 후반부로 붙이면 어떻겠냐고 제안했다. 후반부는
내가 맡았다. 기존의 거문고 리프의 구조와 리듬을 유지
하되, 몇 개의 음정을 바꾸어 분위기 전환을 꾀했다. 그
리고 찰현악기인 해금의 특성을 살려 여러 개의 음을 쌓
아 마치 융단을 깔듯 배경에 배치했다. 누구에게나 예외
없이 생명의 순환이라는 것이 찾아온다면 다음 생과 그
다음, 앞으로 순차적으로 만나게 될 남은 삶들이 더 빛나
길 바라는 마음도 담았다.

각각의 미술 작품에 영감을 받아 만들어진 세 곡은 뮤
직비디오로 제작됐다. 「가든카펫」의 경우 안무가 아이
반이 음악에 영감을 받아 움직이고 그것을 영상으로 담
아내는 방법을 선택했다. 아이반은 스트릿 댄스부터 현
대 무용까지 몸으로 표현하는 것이라면 장르를 구분하

지 않는 전방위 무용가였다. 한 장르에 매몰되지 않는 자유로운 표현이 가능하다는 점이 그의 매력이었다. 뮤직비디오의 연출은 메타픽션의 총괄 프로듀싱으로 진행되었는데, 케이팝 아티스트들의 뮤직비디오를 주로 작업했던 이력이 있었다는 것이 흥미로웠다. 그동안 한 번도 그런 감각적인 영상 어법으로 작업을 해본 적이 없었던지라 어떤 결과물이 만들어질지 기대가 많이 됐고, 프로덕션 역시 순수 예술장르와 협업하는 것에 대한 기대감을 기획 단계에서부터 많이 어필했었다. 「가든카펫」이 무용수를 통해 음악을 드러내는 연출이었다면, 「원(ONE)」은 작품을 뒤에 두고 우리가 직접 연주로 출연하는 연출이었다. 촬영은 파주 민통선 내 위치한 캠프 그리브스의 탄약고에서 진행됐다. 탄약고 안에 작품이 전시되어 있기 때문이다. 덕수궁에 전시한 작품은 이 작품의 재현이라고 할 수 있었다. 과거 전쟁의 흔적인 탄약고 한가운데에 설치된 거대한 사슴, 생명과 죽음의 순환을 나타내는「원(ONE)」은 전시된 위치의 역사성 때문인지 제목이 품고 있는 '하나'라는 의미를 더 깊게 사유하게끔 했다.

촬영은 아침부터 분주했다. 하루 전날 파주에서 숙박을 했다. 탄약고 개방 시간이 정확하게 정해져 있기에 그 시간 안에 촬영을 마치지 못하면 큰일이었다. 모든 스케줄은 낭비되는 시간 없이 진행되어야 했다. 아침 일찍 숙소를 체크아웃하고 통일대교 검문소로 향했다. 검문소에서 신분증과 통행증을 교환해야 DMZ로 들어갈 수 있기 때문이었다. 일정 시간 대기 후 대교를 넘어가는데 기분이 묘했다. 대교를 넘어오기 전과 다를 것 없는 풍경이지만 마음대로 밟을 수 없는 땅. 몇 분도 걸리지 않아 넘어온 곳, 이렇게 쉽게 닿을 수 있는 거리에 우리 역사의 슬픔이 잠잠히 숨죽이고 있었다. 갑자기 인적이 사라진, 시간이 멈춰 있는 듯한 시골길을 달려 탄약고에 도착했다. 먼저 도착한 스태프들이 분주하게 촬영 준비를 하고 있었다. 우리는 메이크업을 받고 의상을 갈아 입었다. 한겨울인 12월의 촬영, 게다가 난방은 기대할 수 없는 곳에서의 촬영이라 패딩이며 담요 등을 단단히 챙겼다. 칠흑 같은 어둠 속에 홀로 우뚝 서 있는 작품 뒤로 조명을 비추니 가히 장관이었다. 우리가 등장해 이 멋진 작품을 해치게 되는 것은 아닐까 싶은 걱정이 들 정도였다. 둘이 함께 연주하는 장면, 혼자 연주하는 장면, 연주가 아닌 움직임을 하는 장면 등 정해진 시간 안에 계획된 테이크들을 모두 촬영했다. 촬영을 마치고 해가 들지 않는 탄약고에서 나오니 해가 뉘엿뉘엿 지고 있었다. 우리의 음악은 어떤 영상으로 다시 태어날까. 많은 사람이 모여 하나의 목표를 위해 투합하고 혼신을 다하는 모습에 뭉클해졌다. 왜 우리는 이렇게 모여 자신의 최선을 쏟으며 이 추운 날 함께한 것일까. 과연 무엇이 이 고행을 기쁘게 느끼게 하는 것일까. 집으로 돌아오는 길에 예술의 역할에 대해서 많은 생각을 했다. 오늘 현장에 모인 이들은 각기 다른 예술 장르와 아티스트들에게 영향을 받으며 자랐을 것이다. 어느 순간 들었던 노래 한 곡이, 어느 순간 보았던 영화 한 편이 때론 삶을 지탱하는 힘을 만들어냈음을 아는 사람들이다. 많은 예술 작품을 보며 자양분 삼아 성장한 이들은 오늘처럼 모여 다시 작품을 만들고 세상에 씨를 뿌리게 되리라. 이 선한 영향력의 순환을 느끼며 다시 한번 음악을, 예술을 하고 있어서 참 다행이라고 생각했다.

2021년의 봄날, 덕수궁의 역사를 훑어보는 공부로 시작한 작업은 뜨거운 여름날의 곡 작업을 거쳐 선선한 가을 덕수궁의 정원 위에 피어올랐다. 미술이 음악이 되고 음악이 다시 영상 작품이 되는 일련의 과정을 통해 서로 표현하는 어법은 달라도 예술이라는 공통의 울타리 안에서 영감과 영혼을 나누며 하나의 작품이 더욱 풍성해질 수 있음을 체험했다. 넓은 가든카펫 위에 누워서 하염없이 흐르던 구름을 바라본 그해 가을이 선명하다. 전시를 체험했던 모든 사람에게 그 순간 내가 느꼈던 심상과도 같은 무언가가 흘렀다면 더 바랄 것이 없겠다.

음악이 이끄는 풍경

잠비나이의 멤버이기도 한 친구 일우는 소리가 색으로 그려진다고 한다. 일우의 이야기를 듣고 굉장히 신기했는데, 얼마 후 비킹구르 올라프손이라는 아이슬란드의 피아니스트 역시 한 인터뷰에서 '자신은 어릴 때부터 음을 들으면 색이 느껴진다'라고 한 것을 보고 적잖이 놀랐다. 소리를 색으로 인지하는 것은 어떤 느낌일까? 나는 소리를 풍경으로 인지하는 편이다. 그래서 음악을 들을 때면 심연의 바다 또는 무한한 우주 공간, 척박한 사막 혹은 꽃이 만발한 벌판이나 야자수가 길게 늘어선 모래사장 등이 떠오른다. 음악을 듣는 동시에 상상으로나마 가상의 공간으로 이동하는 것이다. 혹은 음악을 들었던 어느 날, 어느 시절의 기억을 선명하게 떠올리기도 한다. 어떤 음악은 당시 들은 적이 없는데도 특정한 사건이나 기억을 떠오르게 하기도 한다. 음악은 나에게 경계를 허무는 수단이다. 어디론가 떠나고 싶을 때나 추억을 떠올리고 싶은 순간이 오면 그에 알맞은 음악을 꺼내 듣는다. 음악을 듣는 동안은 한없이 펼쳐지는 미지의 장소들을 여행하느라 머릿속이 꽤 바쁘다. 음악이 이끄는 풍경에는 한계가 없다.

박사연주 준비로 애를 쓰고 있던 2019년의 봄이었다. 그 학기에는 1시간에 달하는 영산회상 전곡을 외워서 연주해야 했다. 그러나 늘 그렇듯 해외 투어는 잡혀 있고 시간은 턱없이 부족한 상황이었다. 투어를 함께하며 매일 보는 일우와 은용에게 반주를 부탁했다. 피리, 거문고, 해금. 전통음악 합주를 구성하기에도 찰떡인 조합이다. 잠비나이의 국악기 파트는 저음역의 거문고, 중음역의 피리, 고음역의 해금으로 구성되어 있어, 초창기에는 음악을 하는 많은 지인으로부터 음향적 밸런스가 좋다는 이야기를 많이 들었다. 투어를 가면 친구들과 24시간 붙어 있으니 합주를 맞춰보기에도 좋을 것 같았다.

그해의 투어에는 네덜란드에서의 긴 체류가 포함되어

있었다. 아침이 되면 악보를 외우며 풍류 연습을 했다. 암스테르담의 어느 호텔 방에서 아침마다 영산회상 한바탕이 시작되는 것이다. 과거에 네덜란드를 일컫던 용어인 화란국의 '화란'을 따서 '화란풍류'라고 이름도 지어주었다. 나만의 풍류인 화란풍류를 타고 있을 때면 음악의 정취 덕분에 호텔 방은 잠시나마 호젓한 정자 또는 풍류방이 된다. 영산회상은 과거 문인들이 풍류방에서 연주하던 대표 악곡이기 때문이다. 하루 일과가 시작되기 전 짬을 내어 연주를 시작하면 창문으로 아침 해가 새어 들어온다. 연주를 하는 동안은 그 이국적인 풍경마저 우리네 창호지 문을 연상시키는 특별한 공간이 된다. 음악이 데려다주는 풍경이다.

한번은 친구의 부모님이 운영하시는 홍천의 펜션으로 놀러 간 적이 있었다. 그때도 박사과정 중이었는데, 바빴던 한 학기를 마무리하고 찾아간 어느 여름이었다. 그동안 피곤했던 스케줄에 대한 보상을 받으려는 듯 친구와 나는 한 판 늘어지게 낮잠을 잔 후, 오후부터 막걸리를 주거니 받거니 했다. 역시 음악이 빠질 수 없었다. 여창 평시조 「매아미 맵다 울고」를 틀었다. 시조는 우리나라 전통 성악 장르인 '정가(正歌)'의 한 갈래로 텍스트로 존재하는 시조에 선율을 붙여 대금이나 피리, 해금 등의 관악기와 단출하게 부르거나 무릎장단을 치며 혼자 부르기도 한다. 시조 역시 대표적인 풍류음악이다. 노래를 평평하게 또는 높이 질러내며 부르는 등 가창 스타일에 따라 평시조 또는 지름시조 등으로 나뉜다. 정가는 형식에 따라 가곡, 가사, 시조로 분류하며 남자가 부르는 남창과 여자가 부르는 여창으로 나뉘는데, 호젓하고 씩씩하게 부르는 남창에 비해 목소리를 곱고 청아하게 만들어내는 여창은 섬세한 아름다움을 느낄 수 있어 나는 여창을 더 선호하는 편이다. 가야금, 거문고, 대금, 피리, 해금 등 관현악기를 모두 동반하고 정형을 지켜 연주하는 가곡보다는 단출하게 부르는 시조가 자연에 스며들었을 때 더 어울린다는 생각이 들어 그날은 시조를 틀었다. 홍천 강가에서 시조를 들으며 술잔을 기울이니 과거 어느 시절의 풍류객이 된 듯했다. 음악은 공간 이동뿐 아니라 시간 이동도 가능하게 하는가 보다.

2023년 가을, 제주도를 방문했다. 평소 즐겨 마시고 좋아하는 '커피템플'을 찾아가기로 했다. 월드 챔피언인 김사홍 바리스타의 브랜드인 커피템플은 시그니처 메뉴인 텐저린 카페라떼로 유명하다. 커피와 제주의 풍경이 무척 어울리는 곳이다.

택시를 타고 제주의 돌담길을 30분가량 달렸다. 카페 마당으로 들어서자 아담한 제주도식 석조 건물 한 동이 나타났다. 좌석도 많지 않은 그 공간은 아름드리나무 한 그루가 가지를 길게 늘어뜨린 마당을 바라보고 있었다. 거대한 나무 그늘에도 좌석이 몇 자리 마련되어 있어 흡사 유럽의 어느 시골정원을 바라보는 듯한 착각도 들었다. 커피를 주문하고 창가에 자리를 잡았다. 해가 저물고 있는 늦은 오후였다. 상큼하면서도 부드러운 텐저린 카페라떼의 향과 맛을 음미하고 있는 그때 카페에 흘러나오는 음악이 바뀌었다. 잔잔하게 흐르는 피아노 소리에 공간이 갑자기 다르게 느껴졌다. 마침 창밖으로 보이는 아름드리나무에서 나뭇잎이 떨어져 흩날렸다. 바람이 불었나 보다. 저물어가는 해의 잔상이 나뭇잎 사이사이로 스며들어 마당의 자갈을 비추었다. 바다 위에 반짝이는 윤슬 같아 보이기도 했다. 살면서 종종 마주칠 법한 일상적인 풍경인데도 매우 이질적으로 다가왔다. 음악 때문이었다. 이 특별한 순간이 결코 내 삶에 자주 찾아오지는 않을 것 같다는 생각이 찰나를 스쳤다. 내 의지로 이 순간을 멈출 수만 있다면. 이 순간을 온전히 품은 채라면 지금 마지막을 맞이해도 괜찮을 것 같았다.

찰나의 아름다움이 사라지기 전에 서둘러 음악을 검색했다. 전진희의 「Breathing in September」. 마침 가을이었다. 이 곡은 싱어송라이터 전진희의 음반 『Breathing』에 수록된 곡이다. 그는 2년 반 동안 종종 창밖 풍경이 보이는 곳에 앉아 피아노로 즉흥연주를 했고, 그 곡을 그의 사운드클라우드에 하나씩 공개했다고 한다. 공개한 곡들이 사람들의 호응을 얻어 음반으로 이어진 것이다. 음악이 영원히 끝나지 않기를 바라며 하염없이 창밖을 바라보았다. 아직도 이 음악을 들으면 그날의 풍경이 생각난다. 너무나 특별해 여전히 사진처럼 박제되어 있는 순간이다. 살면서 이런 순간을 얼마나 만나게 될까?

어떤 음악은 죽음의 순간을 떠올리게 한다. 생의 끝자락에서 좋아하는 음악을 들으며 세상과 이별할 수 있다면. 열정적으로 일하고 뜨겁게 사랑했으며 기쁨과 슬픔, 환희와 절망의 껍데기를 다 벗어놓고 떠나는 삶에 대한 마지막 인사이기도 하니까 말이다. 인간으로 태어나 지구에 살다가면서 그 정도 선택은 할 수 있다면. 데미안 라이스의 첫 음반 『O』 가운데 첫 곡인 「Delicate」를 들으며 했던 생각이다. 이 곡을 처음 들은 건 음반이 발매되고도 몇 년 후인 가을 무렵이었다. 음반을 한창 들었던 때를 떠올리면 뜨겁고 길었던 해가 조금씩 짧아지던 늦은 오후의 풍경이 떠오른다.

당시 일산 쪽에서 준비하던 공연이 있었는지 강변북로를 자주 오갔다. 어느 날 습관처럼 『O』음반을 플레이하고 강변북로를 달리는데 문득 죽음의 순간에는 이 곡을 듣고 싶다는 생각이 스쳤다. 첫 곡인 「Delicate」를 들을 때였다. 해가 지는 통에 붉게 물든 서쪽 하늘을 마주보며 달리는데 늘어진 강줄기 위로 철새 떼가 붓질을 하듯 날았다. 강물 위로는 윤슬이 부서져 눈이 부셨다. 비록 의미도 알아차릴 수 없는 가사가 흘렀지만 이 곡은 어떤 계시처럼 느껴졌다. 음악을 비롯해 그 순간이 너무도 완벽했던 탓일까. 나의 마지막은 이렇게 고즈넉하고 서정적이기를 바란 것일지도 모른다. 재미있게도 죽음의 순간에 듣고 싶은 음악으로 정할 정도면 가장 좋아하는 음악이겠거니 싶지만 그건 또 아니다.

데미안 라이스 음악의 경우 특별한 경험을 한 번 더 했는데 역시 풍경과 관련된 일화다. 오래전, 아일랜드로 연주를 하러 간 적이 있었다. 조금은 우중충한 어느 날 푸른 초원을 곁에 두고 고속도로를 달리면서 그의 음악을 꺼내 들었다. 수없이 들었던 목소리였는데도 아일랜드 도로 위에서의 그 순간이 마치 고전하던 퍼즐의 마지막 조각을 맞춘 것과 같은 느낌이었다. 그의 목소리는 그가 나고 자란 자연 안에 완벽히 녹아들었다. 흡사 내가 알던 노래가 아닌 것도 같았다. 환경의 영향을 받은 무언가가 다시 그 환경에 속할 때 비로소 완전해지는 경험을 했다. 음악이 품고 있는 고유한 정취는 환경의 영향을 받아 만들어지는 것임에 틀림없을 것이다. 전통음악을 한옥에서 들었을 때 가장 잘 어울리고 울림이 아름다운 것은 그 음악이 오랜 시간 그곳의 풍경과 함께 만들어지고 연주되어서이기 때문이다. 그러나 음악이 그 공간을 벗어난다 해도 그 풍경만큼은 꼭 쥐고 있는 것 같다. 앞서 이야기한 화란풍류의 풍류방 상상도 이런 맥락일 것이다. 그래서 물리적으로는 멀리 있다 해도 음악을 듣거나 연주하는 순간만큼은 음악이 이끄는 풍경으로 언제든 떠날 수 있는 것 아닐까. 내가 연주하는 음악 역시 누군가에게 삶의 한 조각으로 기억될 거라고 생각하면 가슴이 뛴다. 나의 음악은 어떤 풍경을 남길 수 있을까.

2부

두 줄 사이를 오가며

잠비나이의 시작

대학을 졸업하고 본격적인 연주 활동을 시작했다. 모교인 한예종은 전문 연주자를 양성하는 것이 목표인 학교라 재학 중일 때도 수없이 많은 공연에 투입되며 현장감을 길렀다. 혹독한 실전 연습을 한 셈이다. 하지만 학생이라는 타이틀을 떼고 만난 세계는 더욱 냉혹했다. 오늘 무대에서 실수가 있었다면 내일의 무대는 오지 않았다. 학교라는 성벽 안에서 안온하게 지내던 시절을 자주 그리워하게 됐다. 무엇보다 돈을 벌기 위해서 해금을 해야 한다는 게 서글펐다. 한예종을 다니면서 자존감에 철갑을 두른 아티스트가 되어 세상에 나왔다. 성문 밖은 낭떠러지였다. 다시 성안으로 들어갈 순 없었다. 철갑을 조금씩 뜯어내며 낭떠러지 아래의 세상 속으로 스며들었다.

각양각색의 무대에서 해금을 연주했다. 돈을 벌었다. 어떤 무대는 다행스럽게도 영혼이 충만해지기도 했고, 어떤 무대는 타조처럼 머리만 가리고 연주하고 싶을 정도로 부끄럽기도 했다. 그중에서도 가장 싫었던 건 철 지난 팝송을 연주하는 일이었다. 당시의 공연 풍경은 전통 공연을 제외한 행사에서는 주로 올드 팝송이나 옛날 영화음악 등을 국악기로 커버해서 연주하는 것이 대부분이었다. 퓨전 국악이라는 용어와 개념이 생겨나기 시작한 때이기도 하다. 주로 피아노나 기타 반주에 국악기가 팝송이나 영화음악의 메인 멜로디를 얹는 식이었다. 지금은 잠비나이처럼 연주자가 곧 작곡가가 되어 곡을 만들고 연주하는 분위기가 지배적이지만 당시에는 작곡과 연주의 개념이 상당히 분리되어 있었다. 작곡가들의 곡은 대회 경연을 위한 곡이 많았고 어려운 주제가 관통하는 곡이 대부분이었다. 아무래도 가벼운 행사에서 작곡가의 곡을 연주하기에는 너무 아카데믹했다. 우리가 대중음악을 지속적으로 재생하며 감상하는 것과는 달리 당시의 창작음악은 어쩐지 감상용으로 접근하기에는 어려운 감이 있었다.

사실 현존하는 전통음악 중 다수의 곡은 당시의 대중음악이었다. 대중들의 선택을 다수 받은 음악들이 생명력을 갖고 남아 비로소 전통이 된 것이다. 어쩌면 현재의 대중의 선택이 미래의 전통을 만들어낸다고도 볼 수 있다. 한 번 더 듣고 싶은 음악이라면 어쩐지 대중과 음악이 상호작용을 일으킬 수 있는 어법을 가져야 할 것이었다. 지금이야 학교 교육과정 안에서 창작 실습이라든가, 연주자가 곡을 직접 만들어보는 훈련을 시키는 학교가 있지만 당시에 그런 수업이 있는 곳은 한예종뿐이었다. 연주자가 곡을 만드는 능력이 부족한 건 당연했다. 지금도 역시 쉽지 않은 일이다.

그러니 작곡가의 곡을 연주하지 않는 이상 행사에서 대중에게 좀 더 쉽게 다가가는 방법은 모두가 아는 멜로디를 국악기로 연주해보는 것이었다. 지금은 이런 행위에 대해 좀 다른 견해를 가지게 되었지만, 그땐 그게 정말 싫었다. 원곡으로 들으면 훨씬 좋을 연주를 굳이 음정도, 음색도 어울리지 않는 국악기로 연주할 이유가 아무리 생각해도 없었다. 국악기도 이런 음악을 연주할 수 있다! 그 이상의 의미는 없는 것 같았다. 그런 연주는 늘 휘

발되고 남는 것이 없었다. 물론 전혀 없지는 않았다. 용
돈이 남았으니까. 좋아하는 해금으로 이런 연주밖에 할
수 없다는 게 나를 쓸쓸하게 했다. 몇 년 동안은 그런 식
의 아르바이트를 지속하며 돈을 벌었다.

　이십 대가 저물어갈 무렵, 철 지난 팝송을 연주하기 싫
은 친구 둘을 더 만났다. 반가웠다. 학부 때 함께 공부한
동기들이었다. 피리를 전공한 이일우와 거문고를 전공
한 심은용. 학교를 다닐 때는 두 친구와 그닥 친하지 않
았다. 하지만 팝송을 연주하기 싫어한다니! 급격하게 호
감을 느꼈다. 그것만으로도 평생의 음악 동반자가 되기
에 충분하다고 믿어질 지경이었다. 무작정 연습을 시작
했다. 연주 아르바이트를 하며 다친 마음을 회복하자고,
부끄럽지 않은 음악을 하자며 악기를 들었다. '무엇을 해
보자'가 아닌 '무엇은 하지 말자'로 모이게 된 셈이었다.
'무언가를 하지 않기' 위해서 자주 만났다. 술도 마시고
영화도 보고 늦도록 이야기도 나눴다. 그러는 동안 우리
는 무언가를 만들고 있었다.

　지금 생각해보면 우리의 순수한 열정이 그때만큼 빛났
던 적이 없는 것 같다. 연습하기에 기분이 내키지 않으면
서로가 좋아하는 음악을 오래도록 들으며 말로 다 전해

지지 않는 친구의 영혼을 탐색하기도 했다. 지금은 일우가 전적으로 곡을 쓰지만, 그때는 공동 창작 시스템으로 연습하기도 했다. 각자 짧은 테마를 써오면 그걸 발전시키기도 했고, 녹음기를 켜두고 무작정 즉흥연주를 시작하기도 했다. 녹음기에 기록되는 시간이 몇 시간을 넘기기도 했다. 그러다 곡으로 발전시킬 만한 테마가 발견되면 살을 붙이며 곡을 만들어가는 식이었다. 이런 과정을 거쳤기 때문에 작업 시간이 굉장히 길었다. 세 악기의 사운드로 빌드업을 시키다 보니 곡의 러닝타임 역시 길어졌다. 그러나 그렇게 긴 시간 친구들의 연주를 들으니 각자가 잘 사용하는 주법이라든가 선율을 만드는 스타일을 어느 정도 가늠하게 되었다. 무의식에서 발현되는 연주를 오랜 시간 계속 들었으니까. 지금 생각해보면 팀 활동을 버티게 하는 힘이 이때 만들어진 게 아닐까 싶기도 하다. 친구의 연주에 말없이 감동하고, 믿고, 내 연주를 얹고 싶은 갈망이 쏟아졌을 시기였다. 사람들이 간혹 묻는다. "어떻게 그렇게 오랫동안 그 많은 활동을 하고도 팀이 유지돼요? 안 싸워요?" 연인이나 부부간에도 완벽하게 맞는 관계란 없는 것인데 하물며 개성 강한 이들이 몇이나 모였는데 어찌 모든 것이 순조롭겠나. 다만 나이가

차고 경력이 쌓이면서 생기는 관계에 대한 노하우를 발휘하게 된 것과, 이 시기에 확인했던 순수한 열정이 여전히 마음에 남아 팀의 고비마다 얼굴을 들어올렸을 터다.

첫 공연을 올린 건 우연한 기회였다. 당시 일우는 고등학교 때부터 줄곧 함께 음악을 하던 밴드가 있었다. '49몰핀즈'라는 비극적이면서도 강하고 아름다운 음악을 하는 스크리모 밴드였다. '49몰핀즈'에게 홍대 상상마당에서 열리는 레이블 마켓의 어쿠스틱 무대 요청이 들어왔다. 그러나 어쿠스틱으로 편곡하기에는 무리가 있는 음악이었다. 전자음향이 필요한 상황이었다. 일우는 마침 무대에 어울릴 만한 음악을 다른 친구들과 함께 연습하고 있으니 그 친구들과 무대에 오르겠다고 역제안했고, 그것이 잠비나이의 시작이었다.

목적 없이 연습만 하는 것과 공연을 준비하는 것은 다른 이야기이다. 그동안 연습했던 곡들을 정리해서 연습하고, 팀워크 다지기라는 명분 아래 틈틈이 술도 한잔씩 하기를 빼놓지 않는 동안 시간이 흘렀다. 작명 독촉이 들어온 건 공연 날짜가 얼마 남지 않은 시점에서였다. 포스터를 만들어야 하니 팀 이름이 필요하다는 것이었다. 막상 공연 일정이 잡혔지만 팀 이름도 없었다. 사실 거창한 미래를 꿈꾸며 연습을 시작한 것이 아니었기에 팀 이름을 지어야겠다는 생각도 못 했던 것 같다. 머리를 맞대고 생각해봤자 쉽게 나오지 않을 아이디어인 것을 알기에 각자의 시간 속에서 찾아내기로 했다.

그날은 모처럼 압구정 쪽에서 일이 있었던 모양이다. 신기하게도 그날의 풍경은 다 기억나는데 무엇 때문에 그곳에 있었는지는 깜깜하다. 인생은 목적과 결과보다는 과정의 기억으로 살아가는 것이라더니 그 말이 꼭 맞다. 가끔 친구들끼리 "그땐 그런 일이 있었지", 한참 대화를 하다가도 "근데 무엇 때문에 그랬지?" 하면 모두들 아무 대답도 못 하는 것 같은 상황이다. 압구정 로데오거리에서 개포동으로 향하는 버스를 탔다. 두 개의 좌석이 붙은 창가 자리에 앉았다. 화려하고 고급스러운 명품샵들 사이를 달리며 '도시의 풍경 속 쓸쓸한 나' 같은 허세로운 감정에 취하기도 한 것 같다. 버스가 도산대로를 접어들자 머릿속에 글자들이 하나씩 떠올랐다. 잠. 비. 나. 이. 불현듯 떠오른 네 글자는 어떤 계시처럼 한동안 머릿속에 남았다. 이거다! 즉시 친구들에게 연락을 했다. "잠비나이, 팀 이름으로 어때? 뜻은 없어." "좋아."

심플한 친구들이다. 지금도 역시 그렇다. 그렇게 아무

뜻도 없는 이름 '잠비나이'가 지어졌다. 비로소 이름도 생기고 이름이 찍힌 포스터도 나왔다. 2010년 1월 16일, 잠비나이라는 이름으로 첫 공연을 올린 날이다. 악기를 들고 홍대 상상마당으로 갔다. 추운 날이었다. 레이블 마켓이 열리는 층으로 올라가니 수많은 음반 가운데 아담하게 지어진 간이 무대가 있었다. 국내 인디 레이블들의 음반을 소개하고 판매하는 행사였다. 일정 기간 동안 진행되는 행사 가운데 하루씩 레이블 소속 아티스트들의 어쿠스틱 공연이 열리는 프로젝트였다. 우리는 당시 일우의 밴드인 '49몰핀즈'가 소속된 GMC 레코드의 아티스트로 참여했다. 20~30명의 청중이 모인 소규모 공연이었다. 정확히 기억나진 않지만 두 곡인가 세 곡을 준비했던 것 같다. 홍대 클럽에서 국악기 소리를 라이브로 들을 일이 많지 않았던 탓에 관객은 음악이 시작되니 이내 집중했다. 앞서 언급한 것처럼 곡의 러닝타임이 상당히 길 때였다. 한 곡에 17분가량 되는 곡도 있었다. 개미 지나가는 소리도 나지 않고 우리는 음악에, 관객은 우리에게 집중하는 긴 시간이 이어졌다. 그 공연을 회상해보자면 날것 그대로인 상태라고도 할 수 있겠다. 어떤 음향적 이펙팅도 하지 않고 어쿠스틱한 음색 그대로 긴 시간 호흡을 맞춘 것이 이색적이었는지 반응이 상당히 좋았다. 집중할 수밖에 없게끔 끌어당기는 힘이 있다는 감상평이 대부분이었다. 어쨌든 데뷔 무대를 나쁘지 않게 치른 셈이었다. 나로서도 다른 사람의 곡이 아닌, 철 지난 팝송이 아닌, 지루한 영화음악이 아닌 우리가 만든 곡을 무대에 올리고 관객의 집중을 끌어냈다는 것에 전에 느껴보지 못한 희열을 느꼈다. 그날 공연을 진행한 GMC 레이블의 대표님은 공연이 끝난 후 음반을 함께 만들어보지 않겠냐고 제안했다. 지금도 함께 일하고 있는 더텔테일하트의 김형군 대표님과의 첫 만남이었다.

지금도 라이브 공연 및 음반 작업 엔지니어로 함께하는 조상현 감독님의 몰스튜디오에서 녹음을 시작했다. 2010년 8월에 잠비나이의 첫 음반이 세상에 나왔다. 「손끝에서 손끝으로」, 「나부락」, 「나무의 대화 2」, 세 곡을 담은 EP 음반이었다. 서울대입구 지하 연습실에서 오랜 시간 머리를 맞대며 작업한 소중한 곡들이었다. 엠비언트 사운드에 가까운 곡인 「손끝에서 손끝으로」는 거문고와 피리, 해금과 기타의 사운드가 서로 스치듯 지나가는 순간들을 포착한다. 아슬하게 맞닿을 것 같은 순간에 곡이 끝나고 만다. 손끝에서 손끝으로 닿을 듯 말 듯한 순간을 그렸다.

　일우가 키웠던 말괄량이 고양이의 이름을 딴 「나부락」은 초창기 잠비나이의 음악적 스타일을 대변하는 곡이라 해도 무방할 것이다. 헤비메탈의 기타 리프(한 곡 안에서 반복되는 짧고 간단한 프레이즈)와도 같은 거칠게 내려꽂는 거문고 속주는 전에 없던 국악기의 활용 방식이었다. 이 곡은 후에 온스테이지에서 잠비나이를 알린 화제의 영상에 담기기도 했다. 그간 창작음악에서 고운 소리를 내지 못하고 여음이 짧다며 환영받지 못하던 거문고의 탁성을 오히려 부각시켰고, 예쁜 선율만을 연주하던 해금의 사운드를 기괴하고 비틀어진 시선으로 조명하며 해금이란 악기의 이면을 살폈다. 기존의 국악기의 활용으로 봐서는 아무래도 파격적인 시도였다. 무릇 인생이란 즐거움과 기쁨만 존재할 수 없고 슬픔과 비극이 공존하듯이 음악도 마찬가지로 곱고 예쁜 사운드만이 아닌 파괴적이고 거친 면모도 함께할 수 있어야 청자로 하여금 해소되는 지점이 있다고 늘 생각했는데 그런 마음이 딱 통하는 친구들을 만난 것이다. 처음 「나부락」의 거문고 리프를 써 온 일우를 보고 '얘는 뭐지? 천잰가? 천재가 내 옆에 있다니!' 같은 생각을 했던 기억이 난다. 친구들의 그런 면

모는 언제나 큰 자극이 되어서 한동안 "무엇에서 영감을 얻나요?"라는 개인적인 인터뷰 질문이 있을 때마다 "이 일우요"라고 대답했었다.

「나무의 대화 2」는 원래 일우가 피리합주곡으로 썼던 곡을 다시 편곡해본 곡이다. 당시 자연환경에 대한 걱정이 많았고 뭔가 우리가 할 수 있는 방식으로 역할을 해야 한다는 의견이 있었다. 그래서 하고 싶었던 얘기들을 다소 거친 표현으로 써 내레이션으로 옮기기도 했다. 다시 보면 오글거리기도 한 부분이 없지 않은데, 지난날들이 모두 만족스럽고 완벽하기만 한 사람이 어디 있을까. 그 땐 훌륭하다고 최선이라고 생각했던 연주도 지나고 들으면 '왜 저렇게밖에 못 했을까' 싶은 걸 보면, 미숙한 모습을 기록으로 남긴 것이 부끄럽기는 하지만 나아지고 있어서 다행이라는 생각도 든다. 한편으로는 '나에게 이렇게 패기 있고 에너지가 넘쳤던 시기가 있었구나'를 되돌아보며 열정의 불씨를 다시금 돌아보게 되기도 한다.

EP가 발매된 해, 성미산 마을극장에서 첫 단독공연을 가지며 본격적인 활동을 시작했다. 아무래도 인디 레이블에서 음반이 발매됐기에 국악 공연장보다는 홍대 클럽이 더 친근했다. 악기며 이펙터며 보부상처럼 등에 짊어지고 한 세월을 다녔다. 이제 연주하는 무대는 홍대 클럽보다는 조금 더 커졌다. 멤버 변화도 있었다. 2017년부터는 대선배님인 드러머 최재혁, 베이스에 유병구가 함께하는 5인조 밴드셋으로 변경되어 사운드도 더욱 탄탄해졌다. 첫 EP『잠비나이』로 시작했던 걸음이 1집『차연』, 2집『은서』, 3집『온다』, 가장 최근인 EP『발현』까지 이어지며, 느리지만 꾸준한 걸음으로 순항 중이다.

장르를 개척한다는 것

        각종 오디션에서 잠비나이는 정말 숱하게 떨어졌다. 서류심사에서 탈락한 대회도 있다. 데뷔초, 국악계에서는 시끄럽다, 난해하다, 혼자 이불 뒤집어쓰고 하는 음악 같다 등의 이유로 무대에 오를 기회가 주어지지 않았다. 사실 전통음악의 학습 과정에서 소리는 늘 예쁘고 맑고 튼튼하고 건강한 것이어야 했으니, 거칠게 긁고 때리고 깨지는 듯한 소리를 부러 만들어내는 음악에 거부감이 들 만도 하다. 그러나 세상엔 어둠과 비극, 그림자와 절망으로 조각되는 아름다움도 있다. 잠비나이는 음악을 만들면서 필요하다면 소음을 만드는 것을 망설이지 않았다. 적극적으로 소리를 찌그러뜨리며 그 기괴함에서도 아름다움이 피어오를 수 있음을 표현하고 자 했다. 절망이 보일 때, 그 절망의 바닥까지 내려가게 되면 비로소 다시 희망으로 소생하길 원하게 되기도 하는 것처럼 말이다. 조금은 독특한 이 음악은 기존의 음악 울타리 안으로 들어가기가 참 어려웠다. 모험을 시작할 수밖에 없었다. 모든 음악적 실험이 가능해지는 홍대 앞 클럽으로 갔다. 마루 위 돗자리와 방석 위에 우아하게 자리하던 악기들이 술 찌꺼기가 눌어붙은 습한 지하 바닥으로 내려가게 되었다. 어쩌면 우리가 표현하고자 했던 음악이 알맞은 자리를 찾아간 것이라 할 수 있겠다. 바닥에 가부좌를 틀고 앉아서 연습하는 국악기의 특성상 연습할 때는 늘 바닥에 앉게 된다. 그 자세 그대로 클럽 무대로 갔다. 모두가 신발을 신고 뛰고 부딪히며 즐기는 클럽에 방석이 있을 리 없었다. 아무거나 깔고 앉았던 축축하고 끈적했던 클럽 무대의 바닥 감촉이 아직 생생하다.

초창기에는 셋이서 연주하니 사운드가 다소 빈약했다. 루프스테이션, 딜레이 등의 기타 이펙터를 활용해서 빈 틈을 보강했는데, 모두 전통음악을 공부하고 연주할 때는 한 번도 사용해본 적 없는 장비들이었다. 중학교 때부터 기타를 치고 밴드 활동을 했던 일우가 아이디어를 많이 냈다. '기타에 꽂던 이펙터를 마이크에 연결하고 소리를 받으면 얼추 비슷한 결과가 나오지 않을까?' 하는 생각이었다. 사운드의 변형을 만들어낼 수 있었지만 문제는 피드백이었다. 전자 음향기기에 연결할 때 주변의 소음이 너무 많이 들어와 증폭되어 다시 출력되는 피드백을 일으키는 것이다. 이것 때문에 고생을 많이 했다. 대부분의 클럽이 그렇듯, 최첨단의 음향 장비를 두루 갖춘 클럽은 거의 없다. 제한된 채널과 환경 안에서 익숙하지 않은 어쿠스틱의 악기들에 마이킹을 하고 밸런스를 맞춰야 하니 리허설 시간은 길어지기만 했다. 어떤 공연은 여러 팀의 라인업 중 한 팀으로 20분 남짓의 공연 시간을 배정받았는데 세팅을 마치고 준비한 곡을 다 연주하고 나니 40분이 넘어간 적도 있었다. 공연 전에 리허설 시간을 충분히 가질 수 있다면 다행이었지만 세팅을 전환하며 잠깐 사운드 체크만 해볼 수 있는 상황도 많았기 때문이다. 참신하고 획기적인 음악으로 대중음악계에 점점 입소문은 나고 있었지만 여간 민폐인 팀이 아니었다.

일우가 다시 한번 아이디어를 냈다. 악기에서 시작된 소리는 여러 개의 이펙터를 거쳐 소리가 출력되는데 첫 번째 이펙터로 보컬 이펙터를 써보자는 의견이었다. 아무래도 어쿠스틱 악기에 직접 케이블을 꽂을 수는 없으니 보컬처럼 노이즈가 다소 수반되는 환경에서 마이크를 통해 소리를 수음하는 원리를 응용해보자는 거였다. 결과는 성공이었다. 피드백이 훨씬 줄어든 것이다. 이 세팅은 지금까지 유지되고 있다. 이펙터 세팅이 확정되고 나니 페달보드가 필요했다. 그전까지는 각각의 이펙터를 일일이 케이스에 넣어 다녔다. 그 때문에 세팅을 하려면 하나하나 꺼내서 늘어놓고 각각의 이펙터 사이에 케이블을 또 연결해야 했고 여기에 드는 시간과 에너지가 엄청났다. 이 과정에서 가장 큰 민폐가 발생했다. 주렁주렁 줄줄이 사탕으로 달린 이펙터들을 들고 다녀야 하니 가방도 봇짐마냥 풍성하게 커졌다. 기타 연주자들이 사용하는 페달 보드를 당장 구매했다. 전자기타 수리점에서 세팅을 마친 페달 보드는 보다 깔끔해져 시간과 에너지를 단축해주었다. 사실 진작 이렇게 구성했을 법도 한데, 그때는 참 돈이 없었다. 이펙터 하나만 사는 데에도 수십만 원이 드니 한 개를 사서 쓰다가 필요해지면 또 한 개를 추가하는 식이었다. 애지중지 모은 이펙터들이라 지금도 공연하면서 이펙터를 밟을 때면 문득 그 시절이 떠오르곤 한다.

그럼에도 여전히 곡의 길이는 줄어들 줄 몰랐다. 리듬 파트가 따로 없었기 때문에 기타와 거문고가 두 역할을 병행했다. 리듬을 인지시킬 수 있는 곡의 리프를 루프스 테이션으로 녹음해두고 악기를 바꾸는 시간이 곡 안에서 소요되거나, 어느 하나를 포기하고 지속적으로 연주하는 가운데 납득이 가도록 기승전결의 서사를 만들어야 했기 때문에 러닝타임이 길어지는 것은 불가피했다. 사운드의 한계가 있기에 대단한 다이내믹을 만들기도 어려웠다.

당시 〈EBS 스페이스 공감〉 프로그램의 일환으로 개최된 신인 뮤지션 발굴 프로젝트인 '헬로루키' 오디션이 있었다. 저명한 음악 평론가들의 심사로 5월부터 9월까지 매달 음원과 라이브 예선을 거친 팀들을 〈EBS 스페이스 공감〉 프로그램의 '이달의 루키' 코너에 소개했고, 이들은 연말에 열리는 결선 무대에 오른다. 이 결선 무대는 제법 큰 공연장에서 관객도 참여해 현장감을 느낄 수 있다. 헬로루키 프로젝트가 배출한 뮤지션으로는 잠비나이를 비롯해 장기하와 얼굴들, 국카스텐, 데이브레이크, 실리카겔 등 지금은 그야말로 대형 아티스트가 된 팀들이 많다. 헬로루키 오디션에서 세 번은 떨어진 것 같다. 마찬가지로 20분 남짓 연주하는 오디션인데 번번이 민폐를

끼치며 단독공연 같은 시간을 소요했다. 경연에 참여하는 팀들이 빽빽했는데 말이다. 마지막으로 떨어진 오디션에서는 심사위원이었던 한 평론가가 조언을 해주었다. '곡이 너무 길다'는 것이다. 장르적 참신함과 아이디어를 내세워 좋은 곡으로 뽑고 싶어도 당최 너무 길다는 거다. 그 무렵 한 곡의 길이가 17분에 달하는 곡도 있었으니 납득이 됐다.

마지막 오디션에 떨어진 후 서울대입구 지하 연습실에 모였다. '짧은 곡, 그까짓 거 한번 만들어보자!' 그렇게 탄생한 곡이 잠비나이 곡 중에서 가장 짧은 3분짜리의 「소멸의 시간」이었고, 그 곡은 훗날 헬로루키 연말 결선의 심사위원 특별상을 시작으로 서태지 콘서트의 오프닝 무대 등 수많은 무대를 거쳐 평창 동계 올림픽 폐막식까지 나아가며 잠비나이의 타이틀곡이 되었다. 모든 일이 처음부터 단번에 완벽하게 이루어지면 참 좋겠지만 사람도, 작품도 시련을 통해 완성되고 견고해지는 지점이 있다. 그 과정에서 멘토의 역할이 참 중요하다. 곡 길이를 줄여보라는 한 평론가의 조언이 결정적이었다는 것을 인정하지 않을 수 없다.

2011년, 「소멸의 시간」이 탄생하고 이듬해 정규음반인

1집 『차연』을 발매했다. 이후 2015년에 리마스터링 버전으로 아트워크를 바꿔 다시 세상에 나오게 되었지만 수록곡은 2012년에 발매된 초판과 같다. 첫 정규음반을 발매하고 뮤직비디오를 찍게 되었다. 연출은 2011년 온스테이지 영상을 촬영했던 오근재 감독님께 부탁했다. 사실 말도 안 되는 제작비로 부탁드렸지만 흔쾌히 수락하시며 '팬심으로 만들겠다'는 따뜻한 말도 하셨다. 「소멸의 시간」 뮤직비디오를 통해 유럽 진출의 첫 테이프를 끊었으니 두고두고 감사하다. 유튜브에 업로드한 뮤직비디오는 조용히 조회수를 쌓아갔다.

그러던 중 네덜란드의 월드뮤직 전문 공연 에이전트인 얼스비트에서 연락이 왔다. '뮤직비디오를 보고 연락했다. 음악이 매력적인데 핀란드에서 열리는 페스티벌에 참가해보지 않겠나?' 마다할 이유가 없었다. 그전까지 해외 공연을 다니지 않았던 것은 아니다. 멤버 각자 개인 연주자로 다수의 해외 공연 이력은 있었지만 팀으로서 음악을 연주하러 바다를 건너는 것은 처음이었다. 페스티벌의 분위기를 생각해 드럼과 베이스를 세션으로 추가해 사운드를 보강한 곡들로 세트 리스트를 꾸몄다. 앞으로 어떤 일이 펼쳐질지 전혀 모르고 다 같이 처음으로

해외공연을 간다는 생각에 여행가는 듯 마냥 설레는 마음으로 공항에 모였다. 대표님은 공연이 끝난 후 팔 예정이라며 CD 50장을 챙겨왔다. 그때 잔소리를 늘어놓았다. 핀란드에 누가 우리를 알길래 CD를 살 것이며 괜히 무게만 나가고 고생이라고. 짐을 들지도 않을 거면서 설렘에 괜히 한 소리 얹어보았던 것 같기도 하다.

핀란드 헬싱키에 도착해 하루 정도 쉬고 공연 무대로 향했다. '월드 빌리지 페스티벌(World Village Festival)'이라는 축제였는데 음악뿐 아니라 여러 나라의 음식과 미술 등 문화 전반에 걸친 행사였다. 따로 리허설 시간이 주어지는 공연은 아니었고 세트 체인지를 하는 1시간 안에 악기 세팅과 음향 체크까지 모두 마쳐야 하는 상황이었다. 걱정이 됐다. 국악기에 익숙하지 않은 스태프들과 공연을 잘 만들 수 있을까? 아니나 다를까 앞의 팀이 악기를 철수하는 데 거의 30분이 걸렸고 남은 30분 안에 모든 준비를 마쳐야 했다. 분주한 스태프들은 우리의 테크니컬라이더를 뚫어지게 바라보며 악기 이름을 철자 한 자 한 자씩 읽어나갔다. 악기 이름 하나 부르는 데도 거의 몇십 초가 소요됐다. 대표님과 우리 팀 음향감독님 모두가 무대에 뛰어올라 세팅을 하기 시작했다. 안 그래도 사용하는 채널도 많고 위치도 예민하게 잘 잡아야 하는 악기 구성이었는데 시간이 턱없이 부족했다. 모니터까지 꼼꼼히 체크할 시간이 없어 거의 포기하고 콘솔의 조상현 감독님만 믿고 가기로 했다. 첫 곡을 연주하는 동안 감독님은 부지런히 사운드 밸런스를 잡았다. 워낙 뛰어난 실력가이기에 공연이 시작되고 나서는 걱정은 묻고 연주에만 집중했다. 심취해서 연주한 한 곡 한 곡이 끝날 때마다 고개를 들어보면 무섭도록 군중이 불어나 있었다. 텐트 안으로 들어오지 못한 인파는 텐트 밖 보이지 않는 곳까지 무리지어 있었다. 그 많은 사람이 열광하고 있었다. '처음 듣는 음악인데 어떻게 이렇게 열려 있지?' 생각했다. 한국에서는 두 명 앞에서도 연주한 적이 있었는데… 멤버가 세 명이었는데 말이다. 인기 없는 음악을 해서 늘 잠잠한 공연 무드에 익숙했는데 놀라운 반응이었다. 나중에 안 사실이지만 북유럽 국가들은 메탈이나 하드코어 등 강한 사운드의 음악을 즐긴다고 한다. 다소 생소한 악기이지만 동양의 밴드가 뿜어내는 사운드는 어쩐지 자주 즐겨듣던 그 음악들과 비슷했을 것이다.

믿을 수 없는 호응으로 공연이 무사히 끝났고, 챙겨간 CD는 머천다이즈 부스에서 공연이 끝남과 동시에 10분

만에 매진됐다. 괜히 무겁게 챙겨간다고 한 소리 했던 그 CD 말이다. 우리는 이 공연을 통해서 해외시장에서의 잠비나이의 가능성을 조심스레 예측해보았다. 또 뮤직비디오를 보고 우리를 초청했던 얼스비트의 제롬과 공연이 끝난 후 계약을 체결했다. 제롬 대표 역시 공연의 반응을 보고 우리의 가능성을 점쳐보려 한 것이었다. 이후의 행보는 많은 매체에서 거론한 것처럼 대중이 알고 있는 잠비나이의 역사다.

처음 시도해보는 장르이고 활동이기에 우여곡절이 정말 많았다. 드럼과 베이스, 기타 사운드 사이에서 거문고와 해금, 피리 소리가 살아 있어야 하니 사운드를 만드는데 가장 큰 공을 들였고 지금도 역시 그렇다. 조상현 감독님이 함께해주지 않았다면 지금의 잠비나이는 절대 있을 수 없음을 안다. 개인 콘솔도 가지고 다니며 모니터 시스템도 여러 번 바꾸고 시행착오를 겪은 끝에 지금은 전원 인이어 모니터를 사용하며 음향 문제를 개선해나 갔다. 세계를 돌며 투어를 하다 보니 감독님은 매일 매일 바뀌는 공연장의 천장 높이와 사각지대, 마감재 등 열심히 공간 구석구석을 살펴보는 일이 루틴이 되었다. 매 공연마다 바뀌는 콘솔이 쉽지 않다고 얘기했던 기억이 난다. 연주가의 입장에서 말하자면 매일 바뀌는 악기로 최상의 연주를 해내야만 하는 일인 것이다. 연주도 마찬가지다. 국악기 특히 현악기는 온도와 습도에 취약하다. 광활한 유럽 대륙의 남부와 북부, 동부와 서부를 단시간에 오가다 보면 이런 환경 탓에 몸도 악기도 상하기 마련이다. 한번은 다음 공연을 위해 피레네 산맥에 위치한 호텔에 도착해 거문고 케이스를 열어보니 악기가 정확히 반으로 쩍 갈라져 있었던 사건도 있었다. 기타나 베이스에 문제가 생겼다면 근처 악기점에 가서 구입이라도 하겠지만 국악기는 그럴 수도 없다. 모두가 비상이었고 은용은 결국 한국에서 급하게 거문고를 새로 구입, 공수해야 했다. 예정된 투어 일정의 절반을 남겨두고 있었기 때문이다.

해외에서 이렇게 활동하는 부분이 어느 정도 한국에 알려졌지만 초창기에는 역시 편견의 눈초리가 있었다. 공연 섭외에 관해서도 국악계에서는 '잠비나이가 무슨 국악이냐', 대중음악계에서는 '잠비나이가 무슨 대중음악이냐'라는 의견이 다수 있었다고 한다. 왜 해외 공연만을 고집하느냐는 질문도 여러 차례 받았다. 사대주의적 마인드가 아니다. 그저 우리를 찾고 원하는 곳으로 향한 것이라 답했던 시기도 있었다. 이제 이런 논란은 생기지 않는다. 그 점이 가장 고무적이다. 우리에 대해, 우리의 음악에 대해 일일이 설명하고 해명하지 않아도 된다는 점. 잠비나이는 2013년 한국대중음악상에서 '최우수 크로스오버 음반상'을 수상했다. 2020년, 같은 시상식에서 '최우수 록 음반과 노래' 부문을 모두 수상한 행보가 우리의 지난 여정을 대변한다.

거칠게 긁고
때리고 깨지는 듯한

언젠가 외국 매체에서 '한국전통음악에서 잠비나이가 발견한 현대적인 요소들: 우리는 어떠한 방법으로 전통을 창조하는가'라는 주제로 인터뷰를 한 적이 있다. 나는 아래와 같이 답했다.

한국 전통음악이 가진 매력은 물론 그 형식미에도 있지만 (장단과 선법 등), 소리의 질감이 가진 원시성에서 오는 것도 있다고 본다. 국악계의 혹자들은 국악기가 지닌 이 정제되지 않은 원초적 특성 때문에 국악이 보편화되고 세계화되는 데에 걸림돌이 될 수 있다고 말한다. 동의한다. 그러나 달리 생각해보면 이 특수성이야말로, 국악기가 세계

속에서 온전히 누구스럽지 않은 독자적인 악기로 빛날 수 있는 가능성이 되기도 한다.

음악하기의 방법론적 측면에서, 태생이 다르고 그 행위의 정서나 테크닉 모두가 서양의 것과는 완벽히 다른 이 극동아시아의 악기들을, 현재 보편화되어 있다는 이유만으로 서양음악을 그저 흉내 내는 도구로 사용하는 것만큼 어리석은 것은 없다고 본다. 이를테면, 국악기로 영미권의 팝 음악을 연주한다든가 서양 음계로 만들어진 선율의 불편한 연주를 이어가는 것들 말이다. 이 방법들은 단순히 대중들에게 잘 알려진 곡을 국악기로 연주할 수 있다는 것을 인지시키는 일종의 이벤트에 지나지 않는다.

잠비나이는 이런 방식에서 벗어나 국악기의 소리의 질감이나 음향적 이미지들을 적극 활용하여 음악을 만드는 길을 선택했다. 따라서 전통음악을 연주할 때 금기시되는 노이즈를 과감하게 사용하고, 때론 일부의 테크닉(시김새 등)을 확장시켜 곡 전반에 배치하기도 한다.

잠비나이의 음악 안에서 한국음악의 미학적 기준은 뒤바뀐다. 국악기가 제 옷을 입고 당당하게 소리낼 수 있되, 현재 세계적으로 즐기는 보편적 음악 형식 안에서도 자연스럽게 어우러질 수 있는 방법을 찾는 것이다.

해금의 경우는 본래 나무판을 발판 삼아 공명을 만들어내고 명주실에 말총을 비벼 소리를 만들어내기 때문에 그 소리의 본질이 거칠고 칼칼하다. 악기의 외형과 연주법은 비슷하지만 뱀피(뱀의 가죽)를 통해 공명하고 쇠줄을 사용하여 음색이 부드러운 중국의 얼후와 크게 달라지는 부분이기도 하다. 내가 생각하는 해금의 매력은 이 지점에서 발생한다. 음색이다. 거칠고 조금은 신경질적이지만 그래서 더 원초적이고 인간적이며 감정에 직접적으로 가닿을 수 있다고 생각한다. 그러나 현재 많은 연주자가 정제되고 맑고 깨끗하며 풍성한 해금 소리를 선호한다. 해금의 음색이 바뀌고 있다. 흡사 어떤 연주들은 바이올린이나 얼후의 소리를 듣고 있는 듯한 착각을 불러일으킨다. 잘못되었다기보다는 이 또한 취향의 문제이겠지만 누군가는 이 날것의 해금 소리도 기억해야 할 것이다. 원초적인 소리로 해금만이 낼 수 있는 전통적 주법들을 적극적으로 활용하면서도 불특정 다수의 대중도 지속적으로 선호하는 보편적 음악을 만들고 연주하는 것이 현재, 그리고 앞으로도 내가 해야 할 일이다.

사실 '전통을 어떻게 재창조하는가'라는 질문에 쉽게

답하기는 어렵다. 전통음악이 시간을 지나오며 이전 시대의 음악에 영향을 받고 변화를 거듭해온 모습을 이제야 한눈에 볼 수 있는 것처럼, 오늘의 음악도 오랜 시간이 지난 후 역사가 판단할 수 있을 것이다. 모든 새로운 음악은 이전 시대로부터 물려받은 형식에 당시의 사회상과 음악가 자신만의 감각과 취향이 결합되어 탄생한다. 새로운 음악은 그것을 만들기 위한 특별한 매뉴얼이 있다기보다는 한 음악가를 중심으로 발생하는 모든 외부적인 요인과 내부적인 요인이 뒤엉켜 생성되는 아주 사적이고도 고유한 결과물이 아닐까. 그러니 '전통의 재창조 방법'이라는 주제로 강의가 열린다고 해도 강의자 자신의 작곡법을 가르쳐주는 일 외에는 그저 '음악적 재료로 활용할 수 있는 경험을 많이 쌓으세요' 정도의 조언밖에 해줄 수 없을 것 같다.

멤버들이 처음 모여서 음악을 만들기 시작했을 때부터 그렇게 거대한 책임감은 없었다. 단지 우리는 국악기에 어울리지 않는 서양의 선율을 연주하는 식의 방법에 회의를 갖고 있었기에 그런 방식의 작업은 피했다. 다만 우리에게 익숙하고 편안한 주법을 갖고 작업을 이어나갔다.

이전까지 많은 전통음악 연주자들이 서양음악과의 협

업에 도전했고 유의미한 결과물들을 만들었다. 전통의 생김새를 그대로 유지하거나 아니면 그 탈을 아예 벗어버리든가 둘 중 하나인 경우가 많았다. 개인적으로 잠비나이를 결성하기 훨씬 전부터 우리 전통음악과 서양음악이 만나는 방식과 교집합이 이루어질 수 있는 영역에 대해 생각해왔다. 전통음악이 가진 절대 영역인 장단이나 선법의 카테고리 밖에서 이루어질 수 있는 협업이란 정녕 팝송 따라 하기밖에 없는 것일까. 그렇다고 해금산조 연주 위에 신시사이저를 입히거나 피아노 또는 기타가 포장해주는 식의 방법은 싫은데 말이다. 그렇다면 모두가 자신의 고유성을 지키는 범위 안에서 교집합이 이루어지는, 완전히 새롭다고 말할 수 있는 영역의 존재는 전혀 불가능한 것인가? 만약 가능하다면 그 교집합에는 어떤 소리가 포함될 수 있을까?

전통음악에는 '시김새'라는 테크닉이 있다. 선율 안에서 하나의 기능으로서 음이나 소리를 꾸며주는 테크닉이다. 음을 떨어내는 농현, 농음, 요성(모두 같은 기능이나 악기에 따라 다르게 부르기도 한다)이나 추성(음을 끌어올리는 기법), 퇴성(음을 끌어내리는 기법), 꺾기 등이 이에 해당한다. 본래 이 시김새들은 선율 안에서 주된 음을 꾸며주는 서브 역할에 해당하는 소리들이다. 그러나 이 소리들을 독자적으로 놓고 봤을 때는 하나의 음형으로서 굉장히 매력적인 형태를 띠게 된다.

가령 농현이라는 시김새 하나를 놓고 보면, 언뜻 사람의 울음소리 같기도 하고 역으로 웃음소리 같기도 하다. 음의 폭을 크게 만들어 느리게 떠는 소리와 음의 폭을 좁히고 빠르게 떠는 소리는 엄청난 표현의 간극을 만들어낸다. 또는 퇴성이라는 시김새는 음을 끌어내리는 특징 때문에 여러 번 붙여놓으면 흐느끼는 소리와 흡사해진다. 이러한 소리의 형태들을 음악 안에 적절히 배치하면 인간의 감정이 직접적으로 전달되는 효과를 만들어낼 수 있다.

잠비나이의 1집과 2집에서는 그러한 음향적 실험이 적극적으로 이루어졌는데, 해금의 경우 「그레이스 캘리」라는 수록곡에서 노래를 기점으로 앞부분에서는 농현이 가진 음의 낙차로 공간이 이지러지는 듯한 표현을 해보았고, 뒷부분에서는 추성을 연속적으로 중첩시켜 기괴함을 만들어보려고 했다. 같은 추성이라도 「감긴 눈 위로 비추는 불빛」에서는 느리게 표현하여 시간을 지연시키는 듯한 효과를 꾀하였는데, 추성을 다르게 사용하여 전혀 다른 음악적 결과물을 도출시킨 사례라 할 수 있겠다.

어떤 곡은 사물의 소리를 흉내 내기도 했다. 2집에 수록된 「무저갱」이라는 곡을 만들 때였다. 일우가 이 곡은 기계적인 소리가 곳곳에 배치되어 있으면 좋겠다고 하면서 전동드릴의 소리가 매력적이라는 힌트를 줬다. 해금의 신경질적인 긁는 소리를 이용하면 좋겠다는 아이디어가 떠올랐다. 해금은 본래 말총으로 바깥에 매달린 줄을 밀고 안쪽에 매달린 줄을 당기며 마찰시켜 소리를 내는 악기이다. 한 번 마찰시킬 때 한 줄만 비비는 것이 전통적인 연주법이다. 그러나 기괴한 소리를 만들고자 할 때 정석적인 주법은 그다지 쓸모가 없다. 말총으로는 안줄을 긁고 동시에 바깥줄을 대나무 활대로 긁어내며 소리를 만들되 전동으로 드릴을 확 돌리는 순간의 텐션이 만들어내는 소리를 해금에서 찾아보려 했다. 나름대로 비슷한 소리가 나면서도 재밌는 리프가 완성되었다.

해금은 다소 자극적인 음색을 가지고 있다. 예전에 함께 활동했던 기타리스트 선생님은 "해금은 잘 연주하면 심금을 울리는데 잘못 연주하면 뼈를 깎는 소리가 난다"라고 했고, 어느 뒤풀이 자리에 우연히 함께했던 한 대중음악평론가는 내 소개를 하자마자 "나는 해금 소리가 너무 시끄럽고 싫다"라며 쏘아붙였다. 좀 당황스럽긴 했지만 일부 동의하는 면도 있다. 어쨌든 해금이 주목도가 굉장히 높은 음색을 가진 것은 분명한 것 같다. 그러나 나처럼 주인공이기가 부담스러운 사람을 주인으로 만나면 해금도 어쩔 수 없이 다른 악기와 섞여들 궁리를 해야 한다. 그럴 때 이 시김새는 좋은 재료가 된다. 어떠한 곡이 가지는 정서에 반응하는 하나의 감정으로서 자연스럽게 곡의 한 부분으로 녹아들 수 있다. 해금이 전면에 배치되지는 않되, 은은하게 보조적으로 사용되다가 정말 자극적인 매운맛이 필요할 때 한 부분을 치고 빠지는 형태가 이상적이라고 생각했다.

물론 그렇지 않은 곡도 있다. 「커넥션」의 경우, 해금이 전면적으로 주선율을 연주한다. 긴 시간 동안 같은 선율을 반복하는데, 구조를 보면 계단을 오르는 형태로 빌드업 된다. 해금 선율에는 변화가 없으니 연주로 만들어내야 한다. 밀도로 표현하기로 했다. 메인 선율이 시작되는 부분에서는 활의 힘을 최대한 빼고 공기가 더 많이 들어가도록 원근감을 조절한다. 곡은 이 메인 선율이 반복되며 지층이 두터워지는 듯한 느낌을 갖게 되는데 해금 역시 밀도를 높이며 소리를 점점 앞으로 배치한다. 해금의 음색이 강하기 때문에 「커넥션」처럼 섬세하고 서사성이 짙은 곡에서는 밀도 조절이 필수다. 잠비나이에서의 해금은 나갈 때와 들어갈 때를 정확히 구분하고 그것을 잘 수행하는 것이 중요하다. 자칫 연주의 섬세함을 놓아버리면 그때부터는 소음이 되기 십상이다. 그래서 한 시간 연주를 하고 내려오면 진이 빠진다. 머리를 흔들며 하는 과격한 연주 때문이라고 생각하겠지만, 그보다는 한 곡 안에서 숨이 멎을 듯이 섬세하게 연주하다가도 줄이 터질듯이 쏟아내야 하는 경우가 많아서, 그로 인해 발생하는 기력 소모가 더 큰 것 같다.

좋은 음악의 기준이란 무엇일까. 인터뷰에서도 종종 듣는 질문이지만 사석에서도 많이 오가는 주제다. 나는 '다음'으로 나아갈 수 있는 음악이 좋은 음악이 아닐까 생각한다. 처음 들은 후 한 번 더 듣고 싶고 또 한 번 더 듣고 싶은. 그래서 내 삶의 한 조각으로 영원히 새겨 넣을 수 있을 정도의 시간과 추억이 쌓이면 그 음악은 좋은 음악이라는 타이틀을 가져볼 만하지 않나. 그러려면 새로움과 익숙함이 공존해야 할 것이다. 그 곡만이 해결해 줄 수 있는 독자적인 새로움이 존재하되 지속적인 청취로 이어지게 하는 익숙함을 동반해야 하지 않을까. 어려운 문제다. 나 역시 이런 멋진 음악을 만들 수 있게 되는 것이 여전한 장래희망이다.

꿈으로 데려다주는 음악

　　　　　　　　　　나의 덕질의 역사는 유구하다. 기억
이 가물가물한 꼬꼬마 시절부터 TV에 나오는 연예인에
게 시집가겠다고 선언을 하고, 주체적으로 덕질을 하기
시작한 시기부터는 누군가를 좋아하지 않았던 시기를 찾
기 어려울 정도로 무언가를 좋아하면 푹 빠지곤 했다. 대
상은 주로 연예인이나 아티스트였고, 종종 허구의 인물
인 신화 속 주인공이기도 했다. 기억 속 가장 첫 번째 덕
질 대상은 서태지와 아이들이다. 서태지와 아이들의 등
장은 그야말로 혁명이었다. 초등학교 4학년 때였다. 가
요 프로그램을 꼭 챙겨보는 어린이였기에 가요계에 불
어 닥친 그 충격적인 변화를 아직 기억한다. 그 무렵 〈가

요톱10〉 같은 프로그램에서는 김국환의 「타타타」가 1위를 하거나 신승훈의 발라드가 무대를 장악했다. 어느 날 랩을 하고 춤을 추며 등장한 서태지와 아이들이 대중들을 충격에서 열광으로 변화시키는 데까지는 얼마 시간이 걸리지 않았다. 처음으로 팬덤 문화가 형성되었던 시기라 생각한다. 많은 청소년이 그들의 집 앞에 진을 치고, 그릇된 애정이 과격한 표현으로 이어지기도 하는 일련의 행위들이 연일 뉴스에 보도되었다. 그들이 하는 모든 것이 이슈가 되었다. 그 중심에는 서태지라는 아티스트가 있었다.

그 무렵 서태지라는 인물에 굉장히 심취해 모든 에너지를 쏟아 그의 음악을 누볐다. 카세트테이프를 사고 모든 노래의 가사를 외웠으며, 연예프로그램을 빼놓지 않고 챙겨봤다. 학교 일정이나 학원 때문에 본방사수를 할 수 없는 상황이면 부모님께 부탁해 비디오 녹화본이라도 놓치지 않았다. 안무를 다 외워 교내며 심지어 성당 수련회의 장기자랑 시간에도 선보였다. 중학교 1학년 겨울방학이 끝나가던 어느 날 돌연 은퇴 선언을 하기 전까지 나는 몇 년간 서태지에게 사로잡혀 있었다.

이후의 그의 행보는 모두가 아는 대로다. 은퇴 선언을

하던 날은 대성통곡을 하느라 방에 틀어박혀 있었다. 당시 남동생과 책상을 나란히 두고 공부방을 함께 썼던 때였다. 누나가 덕질을 하느라 온 벽을 서태지의 사진으로 덕지덕지 붙여놓아도 불평 한마디 없었던 착한 남동생에게 이제와 미안하고 고마운 마음이 든다. 대성통곡을 하느라 공부방을 장악한 그날도 나를 놀리거나 하진 않았던 모양이다. 만약 그랬다면 아직도 분하고 서러운 마음이 응어리져 있을 텐데 그런 기억이 없는 것을 보니.

나의 유년기는 그렇게 서태지와 함께였다. 무언가를 간절히 원하거나 좋아하면 우주의 기운이 모인다는 말이 있다. 어렸을 때는 비웃던 말이다. 우주의 기운이 어떻게 나 하나 따위의 간절함에 움직이나. 그러나 잠비나이를 하면서부터는 확실히 믿게 된 말이기도 하다. 내가 진정으로 원하고 의지를 가지면 운명 즉 나의 우주는 점점 그쪽으로 향하게 되나 보다.

2014년 겨울, 유럽의 어딘가를 달리고 있었다. 대표님이 믿을 수 없는 소식을 알렸다. 서태지 전국 투어 콘서트 중 광주 공연에 잠비나이가 오프닝 밴드로 무대에 오를 수 있냐는 연락을 받았다는 것이다. 믿을 수가 없었다. 서태지? 내가 아는 그 서태지? 어린 시절의 일부를

뚝 떼다가 바쳤던 그 서태지? 문득 '무슨 인생이 이래? 뭐가 이리 예측불가하고 흥미진진하고 꿈꾸는 대로 이루어지지?' 하는 생각을 했던 것 같다. 잠비나이를 시작하고 나서는 말뿐만 아니라 생각도 조심해서 한다. 생각하고 꿈꾸는 대로 이루어졌고 지금도 이루어지고 있기 때문이다. 유럽 어느 벌판을 신나게 달리고 있을 때 들었던 그 소식은 그런 생각에 조금 더 가까워지게 만들었다. 서태지컴퍼니가 공식발표를 하기 전까지는 모두 비밀에 부쳐야 한다는 특명이 떨어졌다. 입이 근질근질해서 정말 참기가 힘들었다. 나로서는 엄청나게 대단한 일이었기 때문에 더욱 힘들었다. 어린 시절 우상의 무대에 오르는 거잖아! 서태지컴퍼니에서 공식발표가 나고 한바탕 난리가 났다. 친구들의 연락부터 시작해 소셜미디어 상에서도 시끌시끌할 정도로 축하의 말들이 오고 갔다.

2015년 1월 17일 공연 당일 광주로 향했다. 리허설을 마치고 메이크업을 하고 기다리는 동안 너무 떨려서 손발이 얼음장 같았다. 서태지 콘서트의 메인 음향 엔지니어는 잠비나이의 음향을 디자인해주시는 조상현 감독님이었다. 조상현 감독님을 통해 서태지 콘서트의 모니터 음향을 담당하는 주병조 감독님을 알게 됐다. 대기 중이던 우리에게 주 감독님이 오시더니 그분께 인사하러 가지 않겠냐고 물었다. 그게 가능한 일이었다니. 온몸이 사시나무 떨듯 떨리기 시작했다. 그분의 대기실까지 어떻게 걸어갔는지는 기억이 없다. 굳게 닫혀 있는 대기실 문이 빼꼼히 열리면서 그 사이로 점 같던 그의 얼굴이 점점 현실적으로 다가왔다. '환상 속의 그대'가 나의 현실로 들어오는 순간이었다.

10년이나 됐지만 아직도 그 순간이 선명하게 떠오른다. 늘 TV에서만 보던 모습은 시간이 훌쩍 지났음에도 여전했다. 후광이 비치는 듯도 했다. 쭈뼛쭈뼛 다가가 인사했다. 내 생애 이런 날이 오다니! 그는 잠비나이의 「소멸의 시간」을 좋아하는데, 그 곡을 들을 때마다 3번의 짜릿함을 느낀다고 했다. 어린 시절의 우상이 나를 알고 있는 것도 벅찬데 내가 연주한 음악을 좋아하고 짜릿함까지 느낀다니… 열심히 살았던 과거의 나를 머리카락이 빠지도록 쓰다듬고 싶을 지경이었다. 짧지만 엄청난 무게감을 지닌 만남의 시간을 보내고 무대에 올라 최선을 다해 연주했다. 이렇게 오랫동안 멋진 음악가로 존재해준 것에 대해 경의를 표하며. 서태지 전국 투어 콘서트 사건 이후로 생각하는 것, 말하는 것의 힘을 믿게 되었다. 그의 음악으로 유년을 가득 채우던 시절에는 감히 상상할 수 없었던 미래가 펼쳐진 그날, 더 이상 그런 힘에 대해 믿지 않을 도리가 없었다.

세계적인 페스티벌을 돌며 많은 무대에 올랐고 그만큼 많은 뮤지션을 만났다. 대부분은 모르는 뮤지션들이었지만 개중에는 음반으로만 접하며 동경하던 뮤지션도 많았다. 대학을 졸업하고 나서 여러 음악을 찾아 들었는데 대중음악을 통틀어 소위 명반이라고 하는 음반들을 공부하듯 들었다. 재즈와 월드뮤직을 주로 들었고 록은 어쩐지 정서적으로 잘 맞지 않아 유명한 음반만 찾아 들었다. 그런 와중에도 레드 제플린의 음악은 참 좋아서 음반도 구매하고 많이 들었다. 명곡들이 즐비한 데다 특히 로버트 플랜트의 보컬 표현력이 압권이었다. 「Since I've been loving you」라는 곡을 좋아하는데 이 곡에서 그의 표현력은 롤러코스터를 타는 것만큼이나 다이내믹하다. 잠비나이에서의 해금 연주는 어디서 영감을 받았냐고 묻는다면 로버트 플랜트와 아스토르 피아졸라라고 답할 수 있을 것이다.

2015년 7월 스위스 니옹에서 열린 팔레오 페스티벌에 참여했을 때였다. 공연을 마치고 아티스트 백스테이지에 밥을 먹으러 갔다. 메인무대 옆쪽, 오페라 극장으로 치면 3층 귀빈석쯤 되는 위치에 아티스트들만 들어갈 수 있는 케이터링 부스가 있었다. 한창 밥을 먹고 있는데 익숙한 곡이 흘러나왔다. 레드 제플린의 「The Rain Song」이었다. 설마? 해체한 지 30년이 지난 밴드의 노래를 라이브로? 이내 익숙한 목소리가 흘러나왔다. 로버트 플랜트의 무대였다. 보통 살인적인 스케줄로 투어를 돌다 보면 페스티벌을 즐기는 것은 사치이고 누가 라인업으로 올라 있는지도 모르고 공연만 하고 다음 스케줄로 향하는 일이 빈번하다. 그날도 역시 피곤을 이기며 공연을 하고 욱여넣듯 밥을 먹고 있는데 그의 목소리를 들은 것이다. 그날의 헤드라이너는 로버트 플랜트였다. 세월의 흔적을 안고 있지만 여전히 매력적인 목소리였다. 밥을 먹다 뛰쳐나가서 아티스트들만이 볼 수 있는 상석에서 직관했다. 이런 무대를 만나면 정말 소중하다. 세월이 흘러 이제 나이가 많이 들어버린 아티스트의 무대를 볼 수 있는 기회가 정말 드물기 때문이다.

2014년, 첫 유럽 투어를 할 때도 덴마크 로스킬데 페스티벌을 참여하며 헤드라이너인 롤링스톤즈의 공연을 봤다. 엄청나게 큰 무대를 종횡무진 뛰어다니던 믹 재거의 모습에 적잖은 충격을 받았다. 2013년 봄, 미국에서 열리는 쇼케이스 SXSW에 참여했을 때도 우리의 무대를 우연히 본 션 레논과 특별한 추억을 남겼다. 션 레논은 비틀즈의 멤버 존 레논의 아들이다. 션 레논과는 1년 후 스페인에서 열린 프리마베라 페스티벌에서도 우연히 마주쳐 서로 반갑게 인사하고 또 한 번 사진을 남기기도 했다. 2015년에 호주 애들레이드에서 있었던 워마들레이드(Womadelaide)에서는 인터뷰를 앞두고 부에나비스타 소셜클럽의 오마라 포르투온도 할머니를 바로 옆 테이블에서 볼 수 있었다. 이럴 땐 나도 같은 페스티벌에 참여한 뮤지션인 것을 잠시 잊고 그저 팬으로 돌아가 두근두근하게 된다.

잠비나이를 하면서 특별한 곳에도 많이 가게 되고, 특별한 인연도 참 많이 생겼다. 가장 멋진 인연은 영원한 소년 같은 김창완 선생님과의 인연이다. 선생님과는 2013년 겨울에 처음 만났다. 선생님이 진행했던 문화계 인사들의 인터뷰 프로그램 때문이었다. 당시 우리는 홍대 인근의 연습실을 빌려 연습했는데 연습하는 모습도 담고 현장에서 인터뷰도 진행하는 연출이었다. 김창완이라는 현존하는 전설은 음악을 하지 않는 사람들에게도 대단한 연예인인데, 우리같이 음악을 하는 후배들에게는 그야말로 전설적인 존재다. 선생님이 만든 주옥같은 노래들은 아직도 시대를 거슬러 많은 뮤지션을 통해 다시 태어나고 있다. 그렇다고 전설로만 남은 게 아닌 것이, 70세가 넘은 지금도 필드에서 왕성하게 활동하시고 있다. 그런 대단한 분과 마주 앉아 이야기를 나누니 꿈인 것도 같았지만, 잠비나이의 음악에 대해 연예인 김창완이 아닌 뮤지션 김창완과 깊이 있게 이야기를 나누다 보니 서로 벽이 한결 낮아짐을 느꼈다.

인터뷰가 끝난 후 선생님은 문득 홍어를 먹느냐 물으셨다. 우리는 모두 홍어파였는데, 좋아한다고 대답하니 크게 흡족해하시며 근처 홍어집으로 식사를 하러 갔다. 선생님은 홍어를 부위별로 주문했다. 고향이 흑산도라는 홍어집 사장님은 연예인의 방문에 신이 나셨고, 맛있게 숙성된 흑산도 홍어에 서비스도 많이 내어줬다. 대중들이 알고 있듯 선생님은 대단한 애주가이다. 밤새 술을 마시고도 멀쩡히 아침 생방송을 가셨으니 그런 세월이 20년 이상 이어졌을 것이다. 우리는 유쾌하게 홍어를 먹고 막걸리를 마셨다. 다시는 입을 수 없을 정도로 옷에 홍어 냄새가 듬뿍 절여졌다. 이후 김창완 선생님과는 한동안

술 메이트가 되었다. 맛있는 음식과 술을 먹고 마시고 청춘을 즐기고 추억을 쌓으며 지냈다. 그 시간은 곧 협업으로 이어졌고, 그렇게 탄생한 곡이 김창완 밴드의 8집 앨범 『용서』에 수록된 「내 마음의 주단을 깔고」다. 김창완 밴드와 종종 공연했고 송년회도 함께 했고 음악을 하는 시간보다 훨씬 많은 시간의 술자리를 가졌다. 선생님 댁으로 찾아뵐 때면 종종 기타를 들고 노래를 불러주셨다. 그 귀한 라이브를 문자 그대로 방구석 1열 직관으로 보는 것이다. 때론 발매 전 러프하게 녹음한 데모 음원을 보내오시며 어떠냐고 묻기도 하셨다. 내가 어떤 말을 얹을 수 있을까? 그걸 데모로 듣는 것만으로도 영광인데.

이런 인연은 2022년에 방송되었던 KBS 〈불후의 명곡-김창완 편〉 출연으로 이어졌다. 교양 및 뉴스의 문화 소식에는 단골손님이었지만 공중파 예능 프로그램에 출연해보기는 처음이었다. 코로나 기간이었기에 코로나 검사를 하고 방송국에 출입할 수 있었다. 전날 방송국에서 리허설을 하고 당일 새벽부터 녹화였기에 여의도 근처 호텔에서 하룻밤을 잤다. 아침잠이 많은 편이라 일찍부터 시작되는 스케줄은 참 힘들다. 거의 졸면서 메이크업을 받고 대기했다. 촬영은 스튜디오 토크까지 포함해서 꼬박 하루가 걸렸다. TV에서 보던 연예인들과 한자리에서 이야기를 나누려니 너무 떨렸다. 나는 왜 이렇게 유명인에 약한가? 〈불후의 명곡〉 진행자인 이찬원 씨가 질문을 할 때마다 입술이 벌벌 떨려서 말이 잘 안 나왔다. 그날은 잔나비, 이승윤, 포레스텔라와 함께 장시간 스튜디오에 앉아 이야기도 나누고 그들의 라이브 무대도 지켜봤다. 산울림의 「너의 의미」를 편곡한 이승윤의 무대가 정말 인상적이었는데, 이승윤 씨도 「내가 고백을 하면 깜짝 놀랄 거야」를 새롭게 연주한 잠비나이의 무대를 인상적으로 봤다고 했다. 이날의 인연은 일우가 이승윤의 앨범에 태평소 피처링으로 참여하는 결과를 낳았다.

'덕계못'이란 용어가 있다. '덕후는 계를 못 탄다'는 말로 덕후일수록 덕질하는 대상을 만나거나 인연이 닿기 어렵다는 뜻이다. 하지만 덕질을 하다 보면 우연히 혹은 열심히 노력해 그 분야로 뛰어들어 그 대상과 인연이 닿는 사람들을 간혹 보게 된다. 잠비나이를 하기 전까지만해도 나는 덕계못이었다. 그리고 운을 타고난 사람들을 마냥 부러워하기만 했다. 잠비나이 활동을 하며 정말 열심히 살았다. 관객이 적든 많든 가리지 않고 매 순간 최선을 다해 연주했고 삶에 진심을 다했다. 운이란 어느 날

하늘에서 뚝 하고 떨어지는 것이 아니라 묻혀 있던 것이
언젠가 드러나는 것이라 생각한다. 원래 가지고 있는 것
이다. 다만 그것이 드러나기 위해 얼마나 파고 파는 시간
과 노력을 들였냐에 따라 운은 어느 날 드러나기도 하고
이번 생에서는 영영 드러나지 못하고 시간을 다하기도
하는 것이다.

낯선 체험

여러 나라, 여러 지역을 다녔다. 하나하나 열거해 정리하기에도 어려운 수많은 곳을 다니면서 확실히 보통의 삶은 아니라는 생각이 든다. 공연하는 도시뿐만 아니라 이동하며 체류하는 도시까지 더하면 얼마나 많은 장소에 삶의 흔적을 남긴 것일까. 관광지로서의 명소도 의미 있지만 관광객이라면 절대 가보지 못할 장소를 경험하는 것은 정말 특별한 경험이다. 우리를 신기하다는 듯 쳐다보는 지역민들의 시선을 느끼는 것도 제법 재미있다. 그들에게 우리는 낯선 외모이지만 우리에게도 그들의 삶의 터전은 역시 낯선 풍경이다. 시간이 흘러도 옛 건물을 부수지 않고 그대로 사용하는 유럽의 거리를 걷고 있자면 시간 여행을 하는 듯한 감상에 빠져들기도 한다.

처음 유럽에 갔을 때는 이국적인 풍경에 압도되어 그저 관광객의 입장으로만 도시들을 바라보고 즐겼다. 이후 투어를 통해 지속적으로 유럽을 오가게 되면서 비로소 그들 삶의 일부분을 엿볼 수 있는 시선과 여유가 생겼다. 편의를 추구하며 빠르게만 돌아가는 사회에서 살다 보니 유럽의 사회는 다소 불편한 점이 있었다. 엘리베이터가 없는 곳이 대다수고 건물에 에어컨이 없는 것이 일반적이었다. 호텔임에도 우리가 기본이라고 생각하는 편의시설들이 갖추어져 있지 않았는데, 그들은 불평이 없었다. 한번은 네덜란드인 드라이버에게 유럽은 왜 에어컨이 없는 건물이 많냐고, 여름에 너무 덥지 않냐고 물은 적이 있었다. 그의 대답은 심플했다. '여름이니까 더운 게 당연하잖아?' 그렇다. 여름이면 더운 게 사실이다. 이 당연한 대답을 듣고 적잖이 놀랐다.

불편한 것이 있으면 그것을 거슬러 편리함을 찾아내는 한국과는 달리 주어진 자연에 순응하는 모습을 보며 그들과 우리는 생각부터 참 많이 다르다는 생각을 했다. 일을 처리하는 데도 시간이 많이 소요되었지만 누구도 닦

달하는 사람이 없었다. 어쩌면 긍정적인 것일까? 모든 현상을 있는 그대로 대하는 것일까? 단점을 기막히게 찾아내고 그것을 적극 수정해 편리하게 바꾸는 우리 민족의 특성은 빠른 성장의 원동력이 되었지만, 그에 반비례하듯 삶의 여유나 개인의 존엄 같은 것들을 등한시하는 사회 분위기의 원인이 되기도 할 것이다. 그렇게 생각하면 어쩐지 씁쓸해지기도 했다. 오래된 것을 없애야 할 것으로 생각하지 않고 그저 당연한 것으로 받아들이며 사는 사회에서 엘리베이터가 없다고, 에어컨이 없다고 징징댔던 여러 날이 떠오르기도 했다.

직업의 특성상 궁이나 고택에서 연주할 기회가 종종 있다. 그런 공간 역시 오래된 곳이지만, 공연 의상을 갖추고 한 번의 이벤트로 머무는 것과 일상을 살아간다는 것은 확실히 다른 이야기다. 세기를 넘어 존재하는 공간에서 눈을 뜨고 밥을 먹고 일하고 쉬고 다시 잠드는 일상을 산다는 건 어떤 느낌일까? 한곳에 오래 머물러 있는 모든 것들이 주는 낭만에 대해 다시금 생각했다.

역사와 문화가 곳곳에 스며 있는 도시에서 주로 공연을 하지만 간혹 대자연 속에서 연주할 기회도 생긴다. 2016년에 2집인 『은서』를 발매하고 진행한 투어의 시작점은 러시아의 보로네시였다. '플라토노프 아츠 페스티벌(Platonov Arts Festival)'에 참여하는 일정이었다. 공연 당일에는 비가 왔다. 차를 타고 비 오는 길을 한참이나 달려 도착한 곳은 어느 깊은 자연 속이었다. 이런 외딴곳으로도 사람들이 공연을 보러 오나? 모든 편의시설이 근거리에 위치한 한국에서 자란 사람으로서 대중교통도 닿지 않는 곳에서 축제가 이루어진다는 것이 생소하기만 했다. 차에서 내린 후 비가 와서 질퍽해진 진흙 길을 우비를 입고 신발에 비닐을 씌워 한참을 걸었다. 이윽고 웅장한 기암괴석 절벽이 나왔다. 절벽 아래에는 호수가 자리했다. 호수를 뒤로하고 무대가 설치되어 있었는데 밤이되니 절벽으로 조명을 쏘아 신비로운 무대를 연출했다. 자연이 하나의 거대한 무대가 된 것이다. 마침 잠비나이가 공연할 시간이 해가 진 후였기 때문에 자연과 조명, 음악이 하나로 어우러진 장관을 연출할 수 있었다. 연주하는 동안 자연의 일부가 된 것 같은, 말로 다할 수 없는 자유로움과 해방감을 맛보았다. 음악을 연주하면서 느끼는 다양한 감정 중에서도 유독 특별했던 경험으로 오래기억하고 있다. 우리는 이미 문명화된 사회에 살고 있기에 이렇게 대자연에서 연주할 수 있는 경우가 그리 많지는 않다.

기억에 남는 또 하나의 연주는 2017년 7월, 역시 러시아의 울란우데에서 열린 '보이스 오브 노마드(Voice of Nomads)' 공연이다. 축제의 이름처럼 유목민들의 목소리가 들릴 것만 같은 대초원 위에 덩그러니 무대가 설치되어 있었다. 울란우데는 몽골의 국경과 가깝고 바이칼 호수에서도 멀지 않은 곳이었다. 초원 위에 무대를 설치한 것이 제법 잘 어울렸다. 이미 도시 자체가 큰 자연 속에 속해 있는 느낌이었다. 호텔에서는 와이파이는 물론이고 한국에서 준비해간 유심도 잘 작동되지 않았다. 인터넷이 터지는 곳을 찾아다니며 문득 얼마나 문명에 의존하고 있었는지를 깨닫기도 했다.

호텔에서 한참을 달려 초원 입구에 도착했는데 거기서도 한참을 달려 무대가 있는 곳까지 들어갔다. 보이는 것은 풀밖에 없는데 어떻게 위치를 알고 목적지를 찾아가는지 기사님의 방향 감각에 감탄이 나왔다. 대초원 위에 덩그러니 설치된 무대가 신기했고 유목민족의 전통 가옥 게르에 마련된 대기실은 더욱 신기했다. 관객이 올까? 1년 전에도 비슷한 생각을 했는데 이번 공연에서는 더욱 궁금증이 짙어졌다. 이정표도 없는 초원 위의 길을 누가 달려서 올까? 그러나 시작이 가까워지자 어디선가 차들이 뜨문뜨문 대초원 위를 달려 무대 근처의 주차장을 메웠다.

끝없이 펼쳐진 푸른 초원을 바라보며 연주하는 기분은 전에 느껴본 적 없는 감상을 가져다주었다. 그 무렵 공연의 마지막을 장식하던 곡인 「커넥션」을 연주할 때는 울컥하는 기분마저 들었다. 거대한 대자연 속에 먼지 같은 존재이지만 아주 작은 부분이라도 연결된 것 같은 느낌이 들어서. 늘 북적대는 관계 속에 치이며 살지만 사실 이렇게 거대한 자연 속에 한 줌 먼지 같은 삶이라는 것을 느낄 때면 숙연해지곤 한다. 잠비나이의 음악으로 세계를 돌아다니면서 세상이 얼마나 넓은지, 사람과 문화가 얼마나 다양한지 새롭게 깨닫고 있지만, 그럼에도 역시 음악은 경계를 뛰어 넘어 모든 것을 연결한다는 진리도 재차 확인하게 된다.

잠비나이 활동을 하면서 분에 넘치는 대접을 많이 받았다. 페스티벌에서 준비하는 호텔과 식사의 컨디션이 좋아서 기억에 남는 일정도 많았다. 프랑스의 한 페스티벌은 아티스트에게 제공되는 케이터링에 셰프들의 요리를 코스로 내어주었는데, 난생처음 페스티벌 식사에서

랍스터 요리를 맛보기도 했다.

2014년, 처음으로 장기간 해외 투어를 나갔을 때였다. 투어 일정은 70일에 육박했다. 요령이 없던 우리는 한 달 쯤 되자 말도 못 하게 지쳐있었다. 예민함도 극에 달했다. 여행도 한 달을 하면 힘들 텐데 악기를 모두 짊어지고 공연을 다니는 건 관광과는 차원이 다른 일이었다. 모두 서로의 기분을 다치지 않게 하려고 살얼음을 걷고 있었다. 마데이라에서의 공연이 일정 중간에 예정되어 있었다. 대서양의 푸른 바다 위에 위치한 섬 마데이라는 아프리카 대륙에서 서쪽으로 떨어진 바다에 위치해 있지만 포르투갈령에 속한다. 축구선수 호날두가 이곳 출신으로, 국제공항 명칭을 호날두의 이름을 따서 크리스티아누 호날두 국제공항으로 지었다고 한다.

대서양을 바라보는 절벽 위에 멋지게 지어진 최고급 리조트에서 공연이 진행될 예정이었다. 리조트에 도착하니 과연 절경이었다. 뒤편으로는 완만한 산이 둘러싸여 있고 리조트가 지어진 절벽 아래는 바다가 끝도 없이 펼쳐져 있었다. 이 멋진 풍경에서 일주일 동안 달콤한 휴식을 취하고 마지막 날 호텔 정원에서 공연을 펼치는 스케줄이었다. 멤버들 모두에게 독방이 제공되었다. 한 달 만에 누리는 혼자만의 시간이었다. 지내는 동안의 모든 식사와 음료가 무료였다. 바닷가에 위치한 리조트 연계 식당에서도 무료 식사를 누릴 수 있었다. 일주일 동안 아무 걱정 없이 먹고 자고 놀고 쉬면서 투어의 고단함을 풀었다. 어느 날은 바다에서 돌고래와 수영을 하기도 했고, 욕조에서 몸을 풀며 칵테일을 마시기도 했다. 리조트의 직원들 모두 우리를 알고 있어서 눈이 마주칠 때마다 따뜻한 인사를 건넸다. 마지막 날, 공연 당일이 되어서는 'Jambinai'라는 이름의 특별한 코스 요리도 준비되었다. 그야말로 극진한 대접을 받았다. 어서 빨리 좋은 연주로 보답하고 싶었다.

바다를 뒤로한 무대에서 리허설을 마쳤다. 밤이 되니 리조트의 정원으로 사람들이 모였다. 잘 꾸민 잔디 위에 자유롭게 앉은 관객들을 마주 보며 공연을 시작했다. 우리는 불 켜진 집들이 촘촘히 박힌 산을 보며 연주했고, 관객들은 파도 소리가 들려오는 푸른 바다를 앞에 두고 음악을 들었다. 대서양의 어느 섬에서 우리의 음악이 울리다니. 이보다 완벽할 수는 없다고 생각하며 낭만에 젖어 한참 연주하고 있는데 갑자기 모든 것이 멈췄다. 전기가 나간 것이다. 음향도 조명도 한순간에 꺼져버렸다. 다시 전기를 연결하고 연주를 시작했지만 전기는 이내 다시 나갔다. 그렇게 두세 번을 반복했다. 강한 바닷바람으로 드럼 세트의 심벌 스탠드가 넘어가기도 하고 여러모로 공연이 진행되는 현장 상황이 매끄럽지 않았다. 그러나 시간과 에너지를 들여 그곳에 모인 사람들은 짜증 한 번 내지 않고 웃으며 그 상황을 넘기고 있었다. 전력 상황이 안정될 때까지 자리를 떠나지 않고 기다렸다. 그들에게서 느껴지는 여유가 한편으로는 부러웠다. 재개된 공연은 더욱 뜨거운 환호로 맞아주었다. 내 인생에서 가장 낭만적인 공연이었다.

프랑스 클리송 지역에서는 매년 헬페스트라는 축제가 열린다. 축제의 이름에서도 알 수 있듯이 헤비메탈, 하드코어 등 흡사 지옥의 사운드를 구현해내는 강한 음악들이 한자리에 모인다. 규모도 어마어마하고 페스티벌의 라인업도 굉장해서 강한 음악의 세계 최고 페스티벌이라 할 수 있다. 잠비나이는 2016년에 참여했는데, 당시 헤드라이너로 출연한 뮤지션이 블랙 사바스의 리드 보컬 오지 오스본이었다. 축제의 퀄리티를 짐작할 수 있는 부분이다. 그런 페스티벌에 참여한다는 소식을 접했을 때 하드코어와 메탈 장르를 좋아하는 멤버들이 얼마나 환호하며 기뻐했는지 그 장르를 잘 모르는 나조차도 오랫동안 꿈꿔온 무대에 서는 기분이 들었다.

큰 무대이니만큼 긴장됐다. 어둡고 강한 음악만으로 꾸며진 축제인 데다 즐기러 오는 사람들의 취향을 고려했을 때 살짝 무섭지는 않을까 걱정도 됐다. 백스테이지로 진입하면서 축제를 즐기러 오는 사람들을 보았는데 굉장히 흥미로웠다. 음악 페스티벌에 인상적인 코스튬을 하는 것은 이제 트렌드가 되었다. 이 축제에서도 코스튬이 빠질 수는 없었다. 예수 복장을 하고 비장하게 즐기러 걸어가던 남성을 잊을 수가 없다. 이런 재치와 낭만까지도 즐기고 구경할 수 있는 게 바로 음악 축제의 매력이 아닐까. 그의 코스튬을 보고 긴장이 조금은 풀어졌다.

공연을 준비하는데 비가 부슬부슬 내렸다. 습기를 한껏 머금은 활은 줄에 잘 비벼지질 않는다. 습한 날 야외공연은 해금에게는 정말 최악인 것이다. 그러나 단기간에 여러 기후를 오가는 나의 해금은 추적추적 내리는 비가 잦은 유럽 날씨에도 그새 익숙해졌다. 무대에 올라가기 직전 송진을 잔뜩 칠했다. 한 시간만 버텨달라고 애원하며.

무대에 올랐는데 믿을 수 없이 많은 사람이 천막을 메우고 있었다. 곡이 진행되는 동안 안으로 들어오지 못한 사람들은 밖에서 진을 쳤다. 강한 에너지를 즐기는 사람들답게 엄청난 환호가 와 닿았다. 그러던 중 가장 앞줄에서 태극기를 흔드는 한 관객을 보았다. 혹시나 거주하는 한국인인가 싶어 자세히 보니 외국인이었다. 우리의 공연을 보려고 태극기까지 준비해서 가장 앞줄에서 기다린 그의 마음이 뜨겁게 느껴졌다. 정말이지 감사했다. 펄럭이는 태극기가 주는 무게가 엄청나게 다가왔다. 우리한 명 한 명이 한국을 대표하고 있는 것이구나. 이전에는 느껴본 적 없던 책임감이었다. 단지 우리의 음악을 원하는 곳에서 연주하는 것뿐이라고 생각했었는데 그런 행위조차도 낯선 땅에서는 국가를 대표하는 것이 될 수 있겠다는 생각이 들었다. 가슴이 뜨거워지는 경험을 선사한 이 공연은 인터뷰에 응할 때 종종 인상적인 공연으로 회자되는 공연 중 하나다. 장발과 긴 수염에 온몸에 체인을 칭칭 감은, 그야말로 메탈의 상징 같은 우락부락한 남성들이 깨끗하고 질서 있게 축제를 즐기던 풍경도 인상적이었다. 내 안의 편견을 깨는 모습이었다.

음악이 이끄는 특별한 경험은 해외에만 국한된 것은 아니었다. 2018년 3월에 있었던 평창 동계 올림픽의 폐막식 행사에 참여했던 것도 인생에서 두 번 다시 못 해볼 특별한 경험이었고, 올림픽 개최 여섯 달 후인 9월에 청와대 영빈관에서 열렸던 국빈 만찬 축하 공연도 마찬가지였다.

인도네시아의 조코 위도도 대통령 내외의 한국 방문을 기념해 축하 만찬을 여는 자리에 잠비나이가 연주를 하게 되었다. 메탈 음악 마니아로 알려진 조코 위도도 대통령의 음악적 취향을 고려해 잠비나이의 무대가 기획된 것 같았다. 청와대에 입성하는 것은 철저한 보안을 요했다. 핸드폰도 가지고 들어갈 수 없었고 소지품도 철저히 검색했다. 그러나 복잡한 도심 한가운데의 검색대를 지나자 마치 다른 곳으로 순간 이동을 한 것처럼 호젓하고 아름다운 공간이 펼쳐졌다. 시끄러운 도시의 경적 소리도 닿지 않는 곳이었다. 대한민국과 인도네시아의 두 대통령 내외 앞에서 연주하는 것은 큰 영광이었다. 해금이 아니었다면 이렇게 특별한 공간에 자리할 수 있었을까. 행사를 마치고 양국의 대통령 내외와 악수를 하고 사진도 찍었다. 마침 몇 달 후에 인도네시아 발리로 여행을 떠나기로 예정되어 있었는데 발리를 여행하는 중에 영빈관에서 공연했던 모습과 대통령과 악수를 하는 모습이 담긴 기념사진을 관계자로부터 전해 받았다. 신기한 우연이었다. 어쩌면 세상의 모든 일은 보이지 않는 끈으로 얽히고 얽혀 있는 것이 아닐까. 조코 위도도 대통령 내외 앞에서 연주했던 날로부터 꼭 일 년 후 2019년 9월, 잠비나이가 인도네시아 발리에서 열리는 '사운드레날린 페스티벌(Soundrenaline festival)'에도 참여해 같은 곡을 연주하게 되었으니 말이다.

투어를 하며 멤버들과 종종 '우리가 어떻게 이런 곳에 와볼 수 있을까? 단순히 관광객이었다면 절대 하지 못했을 경험이다'라는 이야기를 많이 나눈다. 유럽의 오래된 성에서 공연해보기도 하고, 인적이 닿지 않는 브라질의 거대한 협곡에서 수영하기도 했다. 현지인들이 즐겨 먹는다는 음식을 맛보기도 하고, 술을 제조하는 팬이 잠비나이 이름을 붙여 만든 술을 선물받기도 했다. 이 모든 낯선 경험들은 해금을 하지 않았다면 삶에 찾아올 가능성이 지극히 낮았으리라. 잠비나이로 남극과 북극, 두 극지점을 제외한 모든 대륙에서 공연을 했다. 우리의 음악이, 나의 해금이 어디까지 닿을 수 있을까, 항상 궁금하다.

음악은 장벽을 넘고

본격적인 투어는 2014년부터 시작했
다. 2013년 5월에 찾은 핀란드 헬싱키의 '월드 빌리지 페
스티벌(World village festival)'에서의 성공적인 공연을 통
해 잠비나이의 가능성을 어느 정도 점쳐볼 수 있었고, 공
연이 끝난 후 헬싱키와 가깝게 맞닿은 나라, 에스토니아
로 짧은 여행을 하며 앞으로의 계획에 대해 이런저런 이
야기를 나누었다. 마침 핀란드로 오기 전, 멤버들에게
WOMEX 지원을 제안하고 응모했었는데, 그에 대한 답
을 에스토니아 여행 중에 받았다. 공식무대 초청이었다.

워멕스는 유럽을 중심으로 매년 그 개최지가 바뀌는
월드뮤직 엑스포의 줄임말이다. 잠비나이를 결성하기

전, 2006년에 스페인 세비야에서 열렸던 워멕스에 개인적으로 방문한 적이 있었다. 당시 서구권에서는 월드뮤직이라는 장르가 이미 활발하게 성행하고 있었지만 한국에서는 정보조차 많지 않았다. 나 역시 어린 시절 아버지를 통해 어렴풋이 들었던 샹송, 칸초네, 안데스 음악과 대학교 시절에 푹 빠졌던 탱고를 제외하고는 각 나라의 음악적 특징들에 귀 기울일 필요를 느끼지 못하고 있었기에 세비야에서의 워멕스 관람은 엄청난 충격이었다. 라이브로 본 플라멩코 공연과 이란과 캐나다의 뮤지션들이 결성한 팀 NIYAZ의 무대는 영혼을 뒤흔들어놓기에 충분했다.

특히 공연장 입구부터 들려오던 이국적인 사운드와 자욱한 스모그를 해치고 올려다본 NIYAZ의 무대에서는 엉덩이까지 까만 곱슬머리를 늘어뜨린 여성 보컬이 아랍어로 노래하고 있었다. 그 뒤로는 터번을 두른 타블라 연주자와 우드 연주자가 단상 위에 가부좌를 틀고 앉아 연주하고, 한편에서는 디제잉을 하는 멤버의 모습에 공연장은 순식간에 이국의 어딘가로 변했다. 어릴 때부터 천일야화를 비롯해 자연농원(에버랜드의 전신)에 가도 지구마을 순서만 기다리다 페르시아 문화를 소개하는 코너

앞에만 가면 혼이 쏙 빠졌던 소녀였기에 그 순간은 꿈의 세계로 소환된 느낌이었다. 각국의 전통음악과 현대음악이 다양한 모습으로 섞여 있는 공연들을 보면서 한국의 전통음악도 이 현장에 꼭 소개되었으면 좋겠다는 마음을 품기 시작했다. 2006년도까지는 한국 뮤지션이 워멕스 공식 쇼케이스 무대에 초청된 적이 없었다. 이때의 기억을 떠올려 잠비나이도 한번 지원해보면 좋겠다는 생각을 했다.

그 무렵 우리는 그곳이 어디가 되었든 무대가 있다면 국내외를 가리지 말자는 이야기를 종종 했다. 한국에서는 서울아트마켓 등의 쇼케이스 행사에도 적극 지원하고 있었다. 서울아트마켓 공연을 통해 브라질의 '세나 콘템포라네아(Cena Contemporanea)'라는 모던아츠페스티벌에 초청되어 공연이 예정되어 있었는데, 추가로 워멕스의 공연이 결정되었다. 워멕스 공연은 특히 잠비나이에게 중요한 기회가 되었다. 세계 각지의 음악 산업 종사자가 한곳에 모이는 행사이기 때문이다. 음반 관계자 및 공연 관계자가 모여 한 해의 월드뮤직 시장의 동향을 파악하고 자신들의 사업에 초청할 아티스트를 물색하러 오는, 말 그대로 시장인 곳이다. 2013년 10월 개최지는 영국 웨일스의 수도 카디프라는 도시였다. 우리가 향할 곳이었다.

한밤중에 런던에 도착했다. 10월의 영국은 제법 추웠다. 하드 케이스가 없어서 식탁만 한 박스에 노끈으로 둥둥 동여맨 기타와 악기, 캐리어를 끌고 지하철 계단을 오르락내리락했다. 편리한 한국의 지하철이 절로 그리워지는 순간이었다. 런던의 민박집에서 하루를 묵고 이튿날 카디프로 향했다. 이삿짐 수준의 짐들을 들고 입석으로 기차를 타고 달렸다. 승객칸 사이의 덜컹거리는 출입구에 서서 몇 시간을 달리며 바라본 창밖 풍경이 아직도 생생하다. 예정된 공연이 어떤 미래를 가져다줄지 전혀 예측할 수 없었다.

공연 전에 스태프가 무대로 우리를 안내하며 한마디 했다. '여기는 음악을 사고파는 일종의 시장이고 관객은 모두 음악 관계자이니 실제 공연과 같은 환호나 반응은 없을 수 있다. 그러니 공연 중에 들락날락한다 해도 너무 속상해하지 말아라.' 우리도 이미 그 점은 알고 있었다. 반응 없는 무대는 한국에서 나름 익숙했기에 속상할 일도 못 되었다. 정해진 시간 동안 준비한 레퍼토리를 열심히 연주하면 됐고, 비즈니스가 이루어지는 것은 공연 후 대표님의 몫이었다.

공연이 진행되는 동안 사람이 점점 불어났다. 간혹 자리가 없어 스피커에 발을 딛고 보는 사람도 있었다. 나중에 스태프에게 들으니 공연 중에 들어오는 사람은 있어도 나간 사람은 없었다고 한다. 성공적으로 연주를 마쳤다. 대표님은 이번 쇼케이스를 위해 명함을 200장 준비했는데 공연이 끝나자마자 눈앞에서 새 모이 없어지듯 사라지는 진기한 경험을 했다고 했다. 공연을 마치고 다음 일정이 있는 노르웨이로 이동했다. 한국의 팀인 블랙스트링도 함께 초대된 '오슬로 월드 뮤직 페스티벌(Oslo world music festival)'에서 한 번 더 공연한 후 한국으로 돌아왔다.

워맥스 쇼케이스는 아주 성공적인 비즈니스 결과로 돌아왔다. 이듬해인 2014년에 70일간의 유럽과 미국 여름 투어 스케줄이 잡힌 것이다. 당시 화제가 되었던 영국의 글래스톤베리를 비롯해 덴마크의 로스킬데, 세르비아의 엑시트, 미국의 시에라 네바다 월드뮤직 페스티벌, 스페인 바르셀로나에서의 단독공연 등 약 25개의 공연이 예정되었다. 단 한 번의 공연이 만든 결과는 놀라웠다. 동에서 서로, 남에서 북으로, 대륙을 건너 미국까지 다녀오는 그야말로 알차고도 벅찬 스케줄이었다.

투어는 성공적이었다. 당시만 해도 많은 외국인이 한국에 대해 무지했는데, 코리아에서 왔다고 하면 대부분 북한을 떠올리거나 모른다고 답했다. 국가에 대한 정보가 별로 없으니 우리 음악에 대한 기대가 없는 경우가 많았다. 인종차별을 당하는 경우도 있었다. 세르비아에서 열리는 엑시트 페스티벌에 참여했을 때였다. 우리는 '익스플로시브(Explosive)'라는 헤비 뮤직 무대의 라인업에 올라 있었다. 대한민국에서 온 특별하고도 강한 이 음악을 그에 어울리는 취향의 관객들에게 소개하고자 한 디렉터의 의도였다. 같은 라인업의 밴드들은 모두 유럽의 헤비 뮤직 씬을 지탱하는, 굵직한 경험과 실력의 소유자들이었다. 백스테이지에는 헤비 뮤직이 삶 그 자체인 듯한 모습을 한 뮤지션들로 가득했다. 헤드뱅잉에 최적화된 장발의 남성들은 온몸에 체인을 휘감은 채 공연 전의 기분 좋은 긴장을 즐기고 있었다. 잠비나이에게 배정된 대기실 텐트로 들어서니 우리와 대기실을 공유하는 밴드가 미리 와 있었다. 대개의 경우, 상대팀을 배려하여 공간을 나눠 쓰기 마련이다. 하지만 우리가 대기실에 들어섰을 때는 이미 악기를 놓을 공간도 없을뿐더러, 모든 쉴 곳이며 대기할 공간을 상대팀이 장악하고 있었다. 그들은 동양의 낯선 나라에서 온 이들이 서양의 언어로 표현하는 음악을 잘 해낼 리 없다는 눈빛을 건넸다. 우리는 불편한 마음으로 무대에 오를 수밖에 없었다. 무대에 오를 때도 관객들의 반응은 냉랭했다. 어떤 관객은 당시 인기를 끈 강남스타일 안무를 우스꽝스럽게 따라 하며 비웃기도 했다. 하지만 이내 한 곡, 한 곡 진행될 때마다 공연장의 공기가 달라졌다. 마지막 곡을 연주할 때는 눈물을 훔치는 관객도 생겨났다. 올라갈 때와는 전혀 다른 분위기와 함성을 뒤로하고 무대를 내려와 대기실로 향했다. 무대에 오르기 직전까지 무시로 일갈하던 밴드는 '친구!'를 외치며 환호의 융단을 깔았다. 우리를 향해 연신 찬사를 쏟아냈다. 함께 웃고 술잔을 부딪히고 사진을 찍으며 대기실은 공연이 끝난 후 비로소 공유되었다.

전통음악으로 해외 공연을 가면 대부분 정부기관을 통하기 때문에 따뜻한 울타리 안에서 대우를 받으며 일정을 소화한다. 그러나 잠비나이의 투어는 국악인으로서 해외 공연을 다니는 루트와는 완전히 다른 방식의 투어였기에 공연에서 만나게 되는 아티스트들이나 관객의 온도에 확연한 차이가 있었다. 그야말로 야생인 것이다. 그럼에도 이렇게 유의미한 순간들을 만들어낸 것은 여전히 뿌듯하다. 투어가 진행되는 동안 우리의 공연을 본 많은 관계자에게서 새로운 피드백이 오기 시작했다. 공연은 공연을 불러온다. 세계의 굵직한 페스티벌에 오르며 이렇게 장기간 해외 투어를 진행한 밴드는 한국 대중음악사에 전무했기에 귀국과 동시에 연일 매체와 인터뷰를 진행하느라 또 바빴다.

인터뷰와 관련해 기억나는 에피소드가 한 가지 있다. 영상촬영 인터뷰가 예정되어 있어 나름대로 단장을 하고 양재동에 위치한 한 스튜디오로 향했다. 시간 맞춰 스튜디오에 도착하자 스태프가 아직 이전 팀의 인터뷰 스케줄이 끝나지 않았으니 대기실에서 잠시 대기해주기를 요청했다. 메이크업을 수정하며 앉아 있는데 앞 팀이 인터뷰를 마치고 우르르 대기실로 들어오며 크게 인사했다. "안녕하세요! 방탄소년단입니다!" 단체로 크게 인사하는 걸 보니 신인 아이돌이구나, 안면이 전혀 없는데도 인사성이 참 밝은 청년들이군, 하는 생각과 동시에 이름이 좀 별로인 것 같은데 잘될 수 있을까, 걱정을 하며 간단한 인사를 나누었다. 크게 성공하는 유명인들의 신인 때 모습을 보면서 그들의 미래를 꽤나 잘 맞추던 나였기에 나름대로 선견지명이 있다고 생각했는데, 몇 년 뒤 그들의 행보를 보며 그날 내 걱정은 완전한 기우였구나, 생각했다. 그들은 그날의 일을 전혀 기억하지 못하겠지만 우리는 종종 웃으며 이야기한다. '그때 사진이라도 같이 찍자고 해볼걸…' 지금은 그들의 위상 덕에 투어가 순조로워진 면도 없지 않다. 지면을 빌려 소소하게 감사의 인사를 전하고 싶다.

길었던 70일 투어를 마칠 때쯤 네덜란드의 에이전트인 얼스비트의 제롬 대표에게 물었다. "이번에 이렇게 많은 공연을 했으니 내년부터 설 무대가 없어지는 것 아닌가?" 제롬은 웃었다. "올라도 올라도 끝이 없는 유럽의 페스티벌 무대들을 만나게 될 것이다. 또 이미 참여했던 페스티벌이라 할지라도 2~3년이 지나면 다시 무대에 오를 수 있으니 걱정하지 마라." 사실이었다. 어떻게 그렇게나 많은 페스티벌이 나라마다 도시마다 동네마다 존재하는지 놀라우면서도 부러울 뿐이다. 소단위로 이루어지는 마을 페스티벌들의 경우 장르를 복합적으로 다루는 경우가 많다. 마을 사람들은 음악, 미술, 연극, 음식 등 다양한 예술적 경험에 노출되면서 마음의 여유를 챙겼다. 시민의 영혼을 말랑하게 만드는 일에 지자체가 앞장서는 것이다. 이런 것도 복지일까. 마을이나 도시 단위로 치러지는 소규모 페스티벌에서는 그만큼 다양한 층위의 관객을 만날 수 있다. 휠체어를 타고 공연을 즐기는 노부부부터 부모의 품에 안겨 공연을 관람하는 아이까지 다양하다. 실제로 볼륨이 큰 공연장에 헤드폰을 씌운 아이를 안고 다니며 아이가 관심을 보이는 무대에 머무르는 부모들을 상당히 많이 만났다. 아이들이 스스로 공연을 선택할 기회를 주는 것이 흥미로웠다.

한번은 네덜란드의 한 지역 페스티벌에서 공연을 했다. 하루 두 번 공연을 하기로 되어 있어 첫 번째 공연을 마치고 악기를 정리한 후 페스티벌의 이모저모를 즐기고 있었다. 7~8세쯤 되어 보이는 한 소년이 일우에게 다가와 "You are my guitar hero!"라며 수줍게 인사를 건넸다. 첫 번째 공연을 관람한 소년이었는데, 기타를 배우고 있었던 모양이다. 소년은 이후로도 우리의 동선을 따라다니며 '마이 히어로!'를 외쳤다. 두 번째 공연도 관람한 것은 물론이다. 한 고장에서 나고 자라 아직 세상에 나아가기도 전에 먼 나라에서 온 낯선 음악을 만나게 된 소년. 우리의 음악이 소년의 영혼에 미쳤을 영향에 대해 생각해보게 된다. 지역 단위의 소규모 공연에도 기획이 얼마나 중요한지 절감하게 되는 순간이었다.

본격적인 해외 투어를 통해 공연 업계에 잠비나이 이야기가 퍼져나가기 시작했다. 유럽의 유서 깊은 공연장에서의 단독공연들, 미국의 SXSW, 프랑스의 헬페스트, 스페인의 프리마베라 사운드, 스위스의 팔레오, 벨기에의 스펑크스, 폴란드의 OFF, 영국과 호주, 칠레에서 열리는 워마드, 멕시코의 세르반티노 국제 페스티벌, 영국의 악탄젠트, 미국의 코첼라 등 뮤지션이라면 한 번쯤 꿈꾸는 무대에 오르며 일 년의 반은 어딘가를 떠돌았다. 아직도 이 굵직한 페스티벌들에 모두 이름을 올린 뮤지션은 한국에서는 잠비나이가 유일한 것으로 안다. 페스티벌 초청이 더욱 의미 있는 이유는 현재 음악 시장에서 가장 주목하는 아티스트로 인정받는 것이기도 하기 때문이다. 가끔 '꿈을 꾸는 것 자체가 투자'라고 생각할 때가 있다. 단순히 주어진 하루하루를 성실히 산 것뿐이지만 돌아보면 신기루 같던 꿈에 제법 다가가 있다. 꿈을 꾸는 방향으로 삶의 뱃머리가 움직이는 것일 테다.

평창 동계 올림픽에 오르다

인터뷰를 할 때면 그동안 올랐던 무대 중에 가장 인상적인 무대는 무엇이었느냐는 질문을 많이 받는다. 멤버들마다 조금씩 다르지만 아마 가장 많은 의견이 모아진 무대는 바로 평창 동계 올림픽 폐막식 무대가 아닐까 싶다. 살면서 자국에서 열리는 올림픽을 경험하기도 쉽지 않은데, 그 올림픽의 마무리를 축하하는 자리에 오른다는 건 영광스러운 일이 아닐 수 없다. 세계인이 지켜보는 가운데 말이다. 어린 시절 열렸던 88올림픽의 기억은 가물가물하지만 굴렁쇠 소년이 푸른 잔디 한가운데를 가로질러 가는 장면만은 선명하다. 또 모두가 같이 「손에 손잡고」를 부르던 모습은 잊히지 않는다. 역사적 기록이라고 해야 할까. 어떤 이의 기억 속에 그렇게 오래 남을 한 장면을 잠비나이가 장식한 것은 여전히 떠올리기만 해도 가슴 벅찬 일이다.

2017년 초, 올림픽을 1년 정도 앞두고 폐막식 행사 출연 제의가 들어왔다. 전국이 올림픽으로 분주하고 설레는 상태였다. 행사 제의를 받았던 순간은 정확히 기억나지 않는다. 너무 기쁘고 벅차서 순간이 휘발되어버린 것 같은 느낌이다. 음악감독님은 가장 알려진 「소멸의 시간」을 연주해달라고 했다. 다만 비발디의 「사계: 겨울」과 이어지도록 편곡이 되어야 한다고 했다. 많은 사람이 기억하듯이 13세의 기타리스트 강원도 소년 양태환군과 배우 이하늬의 궁중무용 춘앵무의 협연이 예정되어 있었기 때문이다. 투어로 유럽의 어느 고속도로를 달리고 있을 때 편곡된 음원을 받았다. '아, 정말 올림픽 무대에 서는구나!' 싶었다.

거문고 독주로 시작하는 원곡의 인트로는 80대의 거문고 연주라는 거대한 스케일로 재탄생됐다. 대인원이 움직이는 만큼 연습 장소의 규모도 대단했다. 연습은 일산의 킨텍스에서 진행됐다. 이동 동선을 표시한 테이프가 붙여진 바닥에서 수많은 사람이 의상을 착용하고 모이고 흩어졌다를 반복했다. 잠비나이에게도 의상이 전달됐다. 우리 음악의 분위기와 멤버들의 체형 및 신발 사이즈까지 상세하게 사전에 전달했다. 그러나 리허설 때 막상받아본 의상은 도저히 음악과 어울리지 않았고 사이즈도맞지 않았다. 비상상황이었다. 이틀 후면 본 리허설을 위해 평창으로 떠나야 하는 시점이었다. 그 의상을 입고 세계인이 지켜보는 무대에 도저히 오를 수 없었다. 대표님은 긴급하게 SOS를 요청했다. 오래전에 행사로 만나 협업을 진행했었던 브랜드 '레쥬렉션'의 이주영 디자이너선생님이었다. 레쥬렉션은 블랙아이드피스, 마릴린 맨슨,레이디 가가 등의 뮤지션이 선호하는 브랜드로 유명했다. 록 음악을 사랑하는 선생님의 디자인은 음악이 옷으로 표현된 것 같은 감상을 준다. 그간 잠비나이의 활동을애정 어린 시선으로 응원해주시기도 했던 터라 선생님은흔쾌히 도와주시겠다고 승낙했다.

의상을 자체 해결하겠다고 주최 측에 알리고 선생님의 샵으로 향했다. 각 멤버들의 이미지와 음악 속에서의역할을 고려해 준비해두신 착장이 기다리고 있었다. 감탄에 감탄을 멈추지 못할 만큼 멋진 의상들이었다. 폐막식 중계가 나간 후에 '깜짝 놀랐다'는 말 다음으로 많이 들었던 이야기가 "의상이 정말 멋졌다"였다. 선생님은 본 리허설 때도 평창까지 왕래하면서 매무새를 잡아주었고 공연 당일 무대 리프트가 올라가기 직전까지 의상 체크를 했다. '프로페셔널은 이런 것이구나'를 목도했던 시간이 었다. 덕분에 정말 멋진 의상으로 역사에 남을 수 있었다.

올림픽 기간 동안 숙소는 속초항의 어느 호텔이었다. 창문 밖으로 바다가 끝도 없이 보였다. 행사에 오르는 뮤지션들이 매일 아침마다 호텔 앞에서 버스를 타고 속초를 출발해 평창 스타디움으로 향했다. 연일 강추위가 계속됐다. 온몸으로 눈보라를 맞으며 리허설을 한 날도 있었다. 아무래도 야외 행사고 눈을 맞을 가능성이 있기에 손상이 되어도 괜찮은 악기를 준비했다. 스타디움에서는 매일 동선 연습이 진행됐다. 폐막식 행사는 정해진 시간 안에 실수 없이 동선을 맞추는 것이 가장 중요했다. 그에 맞춰 각종 카메라 동선과 조명 등의 타이밍을 맞추는 연습도 함께 진행됐다. 긴 폐막식 행사 연습에 많은 인원이 함께 움직이다 보니 대기 시간도 길었다. 대기실 한 코너에 매일 준비되어 있던 컵라면과 샌드위치를 잊을 수 없다. 다른 순서에 연주했던 한 뮤지션 언니와는 감금 생활이 맺어준 인연이라며 '샌드위치 자매'로 부르기도 했다.

보안 문제로 거의 감금 생활과 비슷한 리허설 시간을 보냈기 때문이다. 행사가 끝날 때까지 절대 비밀을 유지한다는 각서까지 썼다. 덕분에 공연을 마치고 대기실로 돌아와 열어본 핸드폰에는 생중계를 보고 놀란 지인들에게서 수백 개의 메시지가 와 있었다.

리허설 순서가 되면 무대로 향하는 길고 긴 여정이 시작됐다. 스타디움은 무척 컸고, 매서운 칼바람을 맞으며 야외 무대에 올라야 하기에 핫팩은 필수였다. 핫팩을 몸에 덕지덕지 붙이고 스태프를 따라 미로같이 얽힌 길을 걷다 보면 리프트가 나왔다. 잠비나이는 곡의 시작과 함께 무대 중앙에서 리프트를 타고 서서히 올라가며 연주하도록 연출되었다. 짧은 전환 시간 안에 드럼과 앰프, 거문고 받침대, 라인 연결 등 세팅해야 할 것이 많았고, 리프트 안전사고가 우려되기에 타이밍을 맞추는 연습을 무척 많이 했다. 또 무대의 규모 때문에 모니터 체크도 꼼꼼히 해야 했다. 사실 그전까지 그렇게 큰 스타디움 공연을 해본 적이 없었기에 모니터가 충분히 만족스럽지 않을 때 어떤 문제가 발생할지 상상도 할 수 없었다. 음악이 시작되면 엄청난 시간 차로 피드백이 발생했다. 인이어를 꼼꼼히 챙기고 동선과 타이밍에 오차가 없도록 매일 연습하는 것이 일과였다. 처음에는 의자 세팅에 대한 고민도 있었다. 잠비나이는 의자에 앉아서 연주하는 팀이었기 때문이다. 그러나 의자를 세팅하는 시간도 아껴야 하는 상황이었고, 무대 연출로 봤을 때도 의자에 앉는 것보다는 서서 연주하는 것이 보기 좋았다. 문제는 해금이었다. 해금을 서서 연주하려면 허리띠처럼 생긴 고정 지지대를 해금에 연결하고 허리에 차야 하는데 아무래도 상용화된 장비가 아니었기에 외관이 조악했고, 의상의 디테일을 여간 해치는 것이 아니었다. 고민 끝에 해금에 낚싯줄을 연결해 고정시키는 아이디어가 떠올랐다. 카메라에 잡혀도 잘 보이지 않고 허리에 칭칭 감으면 악기도 어느 정도 고정할 수 있으니 그 정도면 괜찮았다. 다만 의상을 입고 낚싯줄을 고정하면 줄을 끊기 전까진 의상을 벗을 수가 없었기 때문에 화장실을 가기가 어려웠다. 해금을 몸에 매단 채 몇 시간이고 대기를 해야 했다. 되도록 먹지 않고 마시지 않는 것이 유일한 방법이었다. 매일 아침 1시간가량을 달려 스타디움으로 출근해 하루종일 대기하다 3분 리허설을 하고 해가 지면 숙소로 돌아오는 일정의 연속이었지만 어느 때보다도 행복한 일주일이었다. 리허설이 끝나고 숙소로 돌아와서 멤버들과 맥주 한잔하며 실시간으로 경기를 응원하던 순간들도 생각난다. 그 뜨거운 현장에 일원으로 참여한다는 뿌듯함에 극도의 설렘과 흥분으로 가득 차 있었던 것 같다.

폐막식 당일, 춥긴 했지만 다행히 눈은 오지 않았다. 착장에는 굽이 10센티미터가 넘는 부츠도 있었기에 걸을 때도, 서서 액션을 취하며 연주할 때도 넘어지지 않으려고 온 신경을 곤두세워야 했다. 눈 내리지 않는 하늘에 감사하며 마지막 출근길에 올랐다. 공연까지는 한참 남았지만 출발할 때부터 떨렸다. 1시간을 달려 스타디움에 도착했다. 매일 그랬듯 신분증을 찍고 엑스레이 스캔 및 소지품 검사를 하고 입장했다. 행사 당일의 대기실 풍경은 다른 날과 사뭇 달랐다. 분장을 위해 많은 스태프가 자리했고 동선 리허설 때는 만나지 못했던 다른 파트의 출연자들로 북적거렸다. 대기실에서도 대기실 밖에서도 안팎으로 축제의 현장이었다. 헤어 메이크업 선생님과 스타일을 상의하고 분장에 들어갔다. 당시에 머리 길이가 어중간했기에 가발을 준비해갔다. 평생 기록으로 남는 것이니까 멋지게 부탁드렸다. 의상은 검은 색이었지만 디테일이 많고 화려했기 때문에 머리는 풀지 않기로 했다. 귀걸이 등의 장신구도 생략했다. 의상을 돋보이게 하기 위한 방법이었다. 머리를 단정하게 묶었지만 임팩트 있게 허리까지 내려오는 포니테일 가발을 착장했다. 헤어스타일이 망가지지 않게 한 겹 한 겹 옷을 입는 데도 시간이 꽤 걸렸다. 이주영 선생님이 멤버 한 사람 한 사람 매무새를 다듬어주셨다.

내게는 한 가지 작업이 더 남아 있었다. 낚싯줄로 해금 매달기. 악기가 떨어지지 않도록 칭칭 감아 몸에 단단히 고정했다. 대기하는 동안은 덜렁덜렁 해금을 달고 다녔지만 불편하지 않을 만큼 설레는 대기 시간이었다. 공연을 다니다 보면 연주하는 것만큼이나 많은 대기 시간을 보내게 되는데 아마 그때가 인생에서 가장 행복하게 기다린 대기 시간이 아니었나 싶다. 대기실에 마련된 모니터로 폐막식을 알리는 카운트다운을 지켜보며 순서를 기다렸다. 장사익 선생님의 애국가가 끝나면 '조화의 빛' 파트로 양태환 군의 기타 연주 그리고 잠비나이의 공연이 시작될 것이었다. 무대가 워낙 크고 여러 문제 때문에 멤버들의 등장 입구가 달랐다. 부츠의 굽이 높았고 매무새가 복잡한 의상을 입은 관계로 이주영 선생님이 리프트까지 동행하셨다. 리프트 아래쪽에서 세팅하며 듣는 장사익 선생님의 애국가에 심장이 터질 듯이 뛰었다. 나름 무대 체질이라 공연 전에 잘 떨지 않는 편인데 그날은 심장이 귀에서 뛰는 듯했다.

드디어 애국가가 끝나고 양태환 군의 비발디의「사계: 겨울」연주가 시작됐다. 원형 리프트 한쪽, 마킹이 되어 있는 자리에 가서 넘어지지 않도록 단단히 서서 기다렸다. 기타 솔로 인트로가 끝나고 이윽고 리프트가 올라 갔다. 천천히 올라가는 리프트 너머로 수만 명의 함성이 해일처럼 밀려들었다. 너무나 거대해서 소리로 인지되는 것이 아닌 어떤 자연현상에 빨려드는 것 같은 느낌이었다. 이를테면 블랙홀 같은. 귀로 들리는 소리가 아니라 피부로 느껴지는 감각 같았다. 순간 아득해지는, 정말로 특별한 경험을 했다. 무대에서 내려와 처음으로 스타의 삶이 궁금해졌다. 이렇게 많은 군중과 늘 함께하는 슈퍼스타의 무대가 이런 것일까. 넘어지지 않으려 안간힘을 쓰면서 할 수 있는 최고의 멋을 부리며 연주를 마치고 대기실로 복귀했다. 비밀을 지키고 강원도 추위를 이겨내며 절대 감기에 걸리지 않도록 노심초사하던 긴 시간이 화르륵 불타오르듯 지나갔다. 아름다운 것은 찰나로구나, 참 짧게도 머문다. 인내와 고통의 시간에 비해 희열과 기쁨을 누리는 시간은 늘 턱없이 짧다. 그럼에도 그 기쁨을 누리기 전과 후의 삶은 분명히 달라져 있다. 인내의 시간이 길수록 기쁨의 농도는 짙어지는 법이다. 그것이 바로 무대에 오르는 과정, 즉 뮤지션의 삶이다. 평창 동계 올림픽 공연은 분명 음악 인생에서 가장 농도 짙은 무대 경험이었다.

한여름 밤의 꿈을 꾼 듯한 특별했던 경험이었다. 약 한 달 후, 친한 친구인 피리 연주가 안은경의 패럴림픽 폐막식 연주에 스태프로 참여하게 되어 다시 평창을 방문했다. 올림픽 때는 내 연주를 준비하느라 즐기지 못했던 축제를 요모조모 즐기니 두 배로 즐거웠다. 어디에 뭐가 있는지 넓디넓은 스타디움을 조목조목 아는 탓이었다. 올림픽부터 패럴림픽까지, 2018년의 이른 겨울은 빛나고 행복했다. 인류 역사에 먼지 한 톨의 족적을 남길 수 있어서 영광이었다. 음악 인생에서 이따금 이런 순간들을 만나면 '나는 얼마나 특별한 일을 하고 있는가' 실감하면서 무한한 감사를 하게 된다.

소리에 대한 탐구

       2019년부터 시작된 코로나 사태는 3년 동안 세상을 뒤흔들어놓았다. 생활뿐 아니라 일터에도 큰 변화를 몰고 왔다. 특히 군중이 모이는 무대가 일터인 예술계는 한순간에 모든 것이 정지되었다. 잠비나이의 경우도 계획되었던 해외 투어가 무기한 연기되었고 국내 공연 시장도 다를 바 없었다. 거의 일 년 정도는 어쩔 줄 모르는 우왕좌왕한 상태가 계속되었던 것 같다. 이렇다 할 대안이 없었다. 그저 기다리며 재난이 잠잠해지길 기다렸다.

  그러나 모두가 알다시피 재난은 해를 넘었다. 꼼짝없이 무대를 잃은 채로 오랜 시간을 보내고 나서야 예술계는 방법을 찾기 시작했다. 대안으로 찾은 방법은 '온라인 공연'이었다. 코로나 기간 동안 마주했던 카메라의 수가 아마도 평생 살면서 만난 카메라의 수만큼 될 것 같다. 라이브 생중계부터 라이브 클립, 뮤직비디오, 토크쇼, 브이로그까지 갖가지 영상 콘텐츠를 만들었다. 뮤직비디오나 라이브 클립을 만드는 일은 이전에도 해왔던 작업이라 큰 무리는 없었지만 문제는 공연 생중계였다. 땀을 흘리고 머리를 흔들며 혼신을 다해 곡을 연주하는데 빈 객석 위로 적막이 답했다. 공연은 연주자와 음악뿐 아니라 관객이 함께해야 비로소 완성된다. 관객이 없는 빈 객석을 바라보며 공연을 한다는 건 생각보다 어렵고 소모적인 일이었다. 지금도 친한 뮤지션들과 만나 몇 년 전의 온라인 공연을 회상하면 모두 고개를 절레절레 흔든다. 그만큼 힘든 시간이었다. 그렇다고 온라인 공연을 마다할 수는 없었다. 생계가 걸려 있었기 때문이다. 공연을 할 때마다 관객이 절실했다. 그동안 너무나 당연했기에 깊이 느끼지 못했던 관객의 에너지를 통감하면서 공연의 의미까지 다시금 돌아보게 되었다. 연주자에게 이렇게 힘든 온라인 공연, 과연 관객들에게는 어떻게 닿을까?

온라인 공연이 대안으로 떠오르면서 각 지자체와 단

체는 서둘러 공연을 송출하기 시작했다. 어느 날 보고 싶은 공연이 있어 인터넷에 접속했다. 나 역시 무대에서 연주를 하는 순간을 제외하고는 늘 관객의 입장이기에 설레는 마음으로 화면에 집중했다. 기대했던 곡을 한창 몰입해서 보고 있는데 갑자기 화면이 멈췄다. 몇십 초 뒤로 돌려 다시 영상을 재생했다. 영상은 얼마간 재생되다 멈춘 곳에서 다시 멈췄다. 이상하다 싶어 이번에는 앞으로 건너뛰었더니 거기서부터는 아예 재생이 되지 않았다. 다시 뒤로 돌렸다. 들었던 구간을 지나더니 또 아까 멈춘 곳에서 멈췄다. 이 과정을 몇 번 반복했다. 이쯤 되니 공연을 보는 것은 안중에도 없게 되었다. 음악에 몰입했던 감정도 산통이 깨진 지 오래였다. 뭐가 문제인가 싶어 창을 나갔다 들어왔다를 반복하며 영상을 재생했다. 결론적으로 그 공연은 끝까지 보지 못했다. 화가 났다. 공연을 즐길 마음의 준비가 다 되어 있는데도 끝까지 보지 못했다. 그날 화를 삭이며 공연의 온라인 송출에 대해 생각했다.

코로나가 한창이던 2021년에는 세계 최대의 음악 축제인 글래스톤베리도 온라인 공연 생중계를 선택했다. 자고로 축제는 흥에 취해 처음 보는 이와의 어깨동무도 가능케 하는 곳이다. 무대에 오른 아티스트는 그 모습과 분위기에 힘을 얻어 그날의 연주를 완성한다. 그래서 나는 축제 특유의 분위기와 자유로움을 좋아한다. 비록 온라인이지만 축제는 축제이기에 맥주 한 캔을 따고 노트북 화면을 열었다. 13인치짜리 조그만 화면으로 나오는 영상은 유려한 영상미가 무색하게 초라하게만 느껴졌다. 멋진 음악들이 작은 화면에 갇혔다. '현장에 있었더라면!' 이 생각이 자꾸 머리를 비집고 나왔다. 결국 맥주만 마시다 씁쓸하게 화면을 덮었다.

공연의 묘미는 무엇보다도 현장감에 있다. 아티스트와 한 공간에서 호흡하며 서로가 만들어내는 기운을 느끼는 것, 최상의 음향 밸런스와 무대 장치로 그 음악에 최대한 깊게 들어가보는 것. 이 두 가지가 충족될 수 없을 때, 과연 그것을 공연이라 부를 수 있을까? 우리는 온라인이라는 공간 안에서 평등할 수 있을까? 극장이라는 제한된 공간으로 들어오면 적어도 그 공간을 공유하는 사람들에게는 물리적으로 평등한 환경이 주어진다. 자리에 따라 약간의 시야나 음향 레벨에 차이는 있겠지만 연출부에서 컨트롤 가능한 범위에 관객이 있는 것이다. 그러나 온라인이라는 물리적 경계가 해제된 곳에서는 관객들의 관람 컨디션을 컨트롤할 수가 없다. 출근길에 이어폰으로 듣거나 일상의 소음이 합쳐진 공간에서 휴대폰 스피커로 듣거나, 밥을 먹으며 길을 걸으며 온갖 상황에 따라 듣는 이에게 닿는 소리의 결과물은 모두 다를 것이다. 또한 집중이 필요하고 호흡의 끊김 없이 곡 안으로 깊숙하고 내밀하게 들어가야만 미학을 느낄 수 있는 곡의 경우 물리적 제약이 절대적으로 필요하지만, 온라인으로 청취하는 관객들에게 그것을 바라는 것은 무리다. 그렇다면 관객의 관람 컨디션이 각기 다를 때, 과연 창작자의 의도는 왜곡되지 않을 수 있을까. 온라인 청취를 염두에 두고 끊었다 재생하기를 반복해도 무리가 없을 만큼 공연이 한없이 가벼워져야 할까. 공연의 현장감은 회복될 수 없는 것인가. 계속되는 온라인 공연에 나의 궁금증은 쌓여만 갔다.

공연이 영상으로 대체되며 시각화되다 보니 새로운 협업 지점이 생겨났다. 이 시기 시각예술과의 협업이 활발하게 이루어졌다. 직접 공연장에 가면 연주의 실체를 목격하고 사운드가 주는 음압에 빠져들게 된다. 근거리에 생생하게 함께하고 있다는 만족감이 생각보다 꽤 크다. 그러나 온라인에서는 그런 현장감이 배제된다. 사운드도 어떻게 전달될지 관객의 컨디션을 알 수 없기 때문에 시각적으로 의미 있는 결과물을 만들지 못하면 음악 공연이라 하더라도 경쟁력이 떨어질 수밖에 없다. 평소에 유튜브를 즐겨 보지 않았지만 집에 있는 시간이 길어지다 보니 온라인 콘텐츠에 손이 갈 수밖에 없었다. 그러다 우연히 케이팝 공연을 보게 되었다. 그동안 케이팝 산업에 전혀 관심이 없었던 터라 정말 많이 놀랐다. 마치 이 시대를 예견하고 오랫동안 준비해온 것처럼 다양한 영상 기술들이 공연 영상에 녹아 있었다. 아티스트가 춤을 추는 동작마다 가상의 오브제가 영상 속에서 피어났다. 춤을 추는 공간이 변하기도 하며 마치 아티스트와 함께 미지의 장소를 여행하는 느낌을 만들어내기도 했다. 기존의 공연에서는 청각으로 느꼈던 시공의 이동체험이 온라인상에서는 시각으로 이루어지고 있었다. 공연이 영상화될 수밖에 없는 상황이라면 이렇게 다른 감각을 자극하는 시도가 필요하겠다는 생각을 하게 됐다.

그 무렵 마침 잠비나이에게 미국 공영라디오방송인 NPR의 간판 프로그램, '타이니 데스크(Tiny Desk)' 섭외가 들어왔다. 타이니 데스크는 '작은 책상 앞 한계 없는 음악 세계'라는 캐치프레이즈로 세계 유명 뮤지션들이

NPR 라디오 방송국의 작은 사무실에서 소규모 공연을 하는 음악 콘텐츠이다. 콜드플레이, 아델, 샘 스미스, 빌리 아일리시, 테일러 스위프트 등 초대형 뮤지션들이 몇 번이나 출연하기도 했다. 한국 뮤지션으로는 민요를 기반으로 한 록밴드 씽씽이 최초로 출연했고 이후 고래야, BTS를 거쳐 잠비나이가 출연하게 됐다. 코로나 시기에는 이동이 어려우니 'Tiny Desk(Home) Concert'라는 제목으로 아티스트가 직접 콘텐츠를 찍어 본사로 보내는 것으로 방침이 바뀌었다. 영상으로 송출되는 만큼 시각적인 임팩트가 있으면 좋겠다는 의견이 모였다. 대표님은 과감하게 디스트릭트(D'strict)에 연락을 했다. 디스트릭트는 삼성동 코엑스의 큰 전광판에 전시한 'Wave'라는 작품으로 유명한 한국의 미디어아트 기업이다. 이 작품이 전시되어 있던 시기에 코엑스를 지나가본 적이 있는 사람이라면 넘실대는 파도를 직접 눈으로 보는 듯한 생동감에 압도된 경험이 있을 것이다. 전국 곳곳에 '아르떼 뮤지엄'이라는 미디어아트 체험 전시관을 성황리에 운영하고 있기도 하다. 사정을 설명하고 협업을 부탁했다. 회사 쪽에서 흔쾌히 수락해주어 멋진 작품들 앞에서 촬영할 수 있게 되었다. 아르떼뮤지엄 제주에서 촬영을 하기 위해 비행기를 탔다. 촬영은 뮤지엄 마감 이후부터 다음 날 관람이 시작되기 전까지 가능했다. 꼬박 밤을 새워 촬영하는 일정이었다. 아르떼뮤지엄의 환상적인 작품들을 우리만 즐길 수 있게 된 셈이었다. 아무도 없는 공간에서 압도적인 작품들을 마주하니 경외감이 절로 생겨났다.

뮤지엄에서는 촬영을 위해 두 작품의 재생을 허락했다. 파도치는 해변의 모습과 오로라가 수놓인 밤하늘의 풍경이 담긴 작품이었다. 촬영해야 하는 곡이 「소멸의 시간」과 「온다」, 두 곡이기에 두 개의 영상을 배경으로 각각 한 곡씩 촬영하기로 했다. 곡 사이에 멘트를 하는 부분에서는 타이니 데스크 사무실을 생생하게 재현한 영상을 배경으로 틀기도 했다. 촬영감독이 공들여 제작한 영상이었다. 촬영은 7~8시간 정도 진행되었다. 끝나고 뮤지엄을 나오니 어슴푸레하게 동이 터 올랐다. 그 풍경을 보며 호텔로 돌아오자마자 기절하듯 잠들었다.

연주하는 동안에는 뒤를 볼 수 없었기에 작품이 어떻게 음악에 녹아들고 있는지 알 수 없었지만 완성된 결과물은 정말 멋있었다. 「소멸의 시간」의 강한 에너지와 파도의 기세가 잘 맞아떨어졌고, 대자연 속 오로라의 풍경은 「온다」가 갖고 있는 마더 바이브를 한층 더 깊게 만들어주었다. 바닷가와 북유럽의 오로라 하늘 아래에서 연주하고 있는 듯한 착각이 들었다. 그러면서도 멘트하는 동안엔 순식간에 타이니 데스크 사무실로 귀환했다. 시각적인 효과가 청각적 경험을 배가시켰다. 영상이 마음에 들어 이후에 아르떼뮤지엄 여수에서 잠비나이의 신곡 뮤직비디오를 촬영하기도 했다.

사운드에 있어 창작자의 의도를 온전히 전달하지 못한다면 영상 콘텐츠를 제작하는 것이 무슨 의미가 있을까 질문하던 무렵에 만난 케이팝 공연의 영상은 '공연의 시각화'에 대해 고민하게 해주었다. 적어도 공연이 영상 콘텐츠로 살아남으려면 시각적으로 색다른 체험을 할 수 있는 요소가 꼭 존재해야 한다는 생각이 머리에서 떠나지 않았다. 그러나 조금 더 생각해보니 여기에도 불평등은 존재했다. 모든 뮤지션이 훌륭한 영상 콘텐츠를 제작할 수는 없다. 제작비의 부담 때문이다. 다양한 영상기술과 협업하려면 적어도 그에 상응하는 제작비가 필요하다. 대형 기획사에서 제작하는 케이팝 콘서트의 경우 자본이 든든하기에 여러 시도를 적극적으로 해볼 수 있다. 잠비나이의 경우도 자본이 충분하다고 할 수는 없지만 어느 정도의 네임밸류 덕분에 가능한 지점이 있었던 것은 부정할 수 없다. 국공립 단체의 지원도 절대적이다. 양질의 영상 콘텐츠를 제작하는 것은 이렇게 특별한 상황에 있는 소수의 아티스트들만이 누릴 수 있는 특권이라는 생각에 다다르게 됐다. 오직 연주하는 영상만 촬영한다 해도 일정 금액의 제작비가 필요한데 특수한 영상기술을 사용한다는 건 규모가 작은 인디 뮤지션에게는 무리일 것이다. 작은 클럽 무대가 관객과의 유일한 소통 창구인 뮤지션도 분명 있다. 코로나는 그 무대마저 앗아간 것이다.

팬데믹이 해제되고 무대가 다시 제자리를 찾으면서 공연은 회복되었다. 재밌는 점은 코로나 이전보다 시장이 활성화되었다는 점이다. 2023년은 처음으로 공연 시장의 규모가 영화 시장의 규모를 넘어선 해이기도 하다. 대면 공연을 하지 못하던 시기에는 '사람들이 영영 무대를 잊으면 어떻게 하나' 같은 고민을 많이 했었다. 그것이 기우였다는 것을 팬데믹이 끝난 후 공연장에서 확인하는 중이다. 자신이 피부로 경험한 현장의 뜨거움은 결코 온라인 세계에 갇힌 음악이 대신해줄 수 없기에.

온다

팬데믹이 끝나고 2023년 5월에 진행한 투어는 12일 일정에 10회 공연이었다. 암스테르담 공항에 도착한 당일과 중간에 비행기 이동을 위해 비워둔 하루를 빼고는 매일 다른 도시에서 공연했다. 투어를 하지 못한 3년이라는 공백이 있었기에 걱정이 앞섰다. 그간 고생스러운 투어를 하며 나름의 팬덤을 만드는 데 힘썼는데 공백 기간 동안 우리를 잊어서 다시 시작해야 하는 것은 아닐까. 하루에도 수많은 음반이 쏟아져 나오고, 매해 나타나고 사라지는 밴드도 많은 음악 시장에서 3년이나 만날 수 없었던 먼 나라의 밴드를 기다려주는 이들이 있을까 걱정되었던 게 사실이다. 더불어 오랜만에 투

어를 진행하는 데다 스케줄까지 촘촘해서 체력적인 적응을 잘할 수 있을지도 걱정이었다.

이번 투어에서는 런던에서 열리는 '포털스 페스티벌 (Portals festival)'의 헤드라이너로 공연이 예정되어 있었다. 포스트록 계열의 페스티벌로 코어 팬층이 많았다. 전날 노르웨이 오슬로에서 공연이 있었기에 당일 아침 비행기로 이동해 런던에 입국했다. 페스티벌 무대는 단독공연 무대와는 달리 페스티벌 자체를 즐기러 오는 사람들이 많고 자신이 좋아하는 특정 아티스트의 무대를 관람하는 것과 더불어 다른 밴드들의 공연을 라이트하게 즐기러 오는 관객들이 많다. 잠비나이의 경우 수많은 페스티벌을 돌며 연주했지만 여전히 낯선 밴드임은 분명하기에, 페스티벌은 매번 우리를 모르던 관객과 새롭게 만나는 자리였다. 보람 있고 설레는 일이었지만 늘 '처음'이라는 자리가 반복되는 것에 때론 지치고 외롭기도 했다.

포털스 페스티벌은 페스티벌의 성격상 어느 정도는 우리를 알고 찾아오는 관객이 있을 거라고 예상했다. 그러나 객석을 가득 메우고 있는 관객 수에 한 번 놀라고, 무대에 오르니 객석 앞으로 우르르 몰려나오던 관객들에 두 번 놀랐다. 곡과 곡 사이에 다음 곡의 제목을 설명하는 멘트에 열광적인 함성으로 응답하고 연신 헤드뱅잉을 하며 즐기는 모습에 감정이 벅차올랐다. 곡의 제목을 말하는 것에도 함성을 지른다는 것은 우리의 무대를 좋아하고 기다렸던 사람들이 바로 그 자리에 있다는 증거가 아닌가. 잊혔을까 걱정했는데 전혀 반대되는 현장에 서니 눈시울이 뜨거워졌다. 공연이 끝나고는 모든 스태프에게서 이 페스티벌의 최고의 무대였다는 찬사도 들었다. 몇 해 전 어느 페스티벌에서 우리의 무대를 보고 감동받았다는 한 영국 밴드는 자신들의 무대가 끝나고도 한참을 기다려 뜨거운 인사를 전하기도 했다. 이 무대를 비롯해 각 도시를 돌며 만난 관객들은 그동안 너무 오래 기다렸다는 듯 공연에 흠뻑 빠져들었다. 스웨덴의 어느 무대에서는 마지막 곡을 연주하는 동안 전해지는 관객들의 에너지에 벅차올라 연주 중에 눈물을 줄줄 흘리고 말았다. 얼마나 만나고 싶던 모습들인지, 눈과 마음에 꼭꼭 담아두었다.

투어의 마지막 도시는 브뤼셀이었다. 규모도 크고 유명한 공연장인 '보타닉'은 브뤼셀 식물원 옆에 위치하고 있다. 크기가 다른 세 개의 극장이 있는 보타닉은 세계 유명 아티스트들이 공연한 브뤼셀의 대표적인 공연장이면서 전시도 열리는 복합 문화공간이다. 이곳에서의 공연을 마지막으로 투어가 마무리될 예정이었다. 감사하게도 며칠 전에 티켓이 매진되었다는 소식을 공연장에서 전해왔다. 이미 어마어마한 스케줄을 소화했던 터라 심신이 많이 지쳐 있던 상태였는데 매진된 공연장에서 마무리하고 떠날 수 있어서 보람 있었다.

마지막 공연인 만큼 리허설을 꼼꼼히 하고 관객을 맞을 준비를 했다. 공연은 몽골의 전통음악으로 창작활동을 하는 팀의 공연으로 시작됐다. 30분가량의 오프닝 공연을 마치고 세트체인지를 할 때였다. 이미 리허설을 마친 상태였기 때문에 간단한 인풋 체크만 하고 공연에 들어가면 될 터였다. 장비와 악기를 세팅하고 체크를 하기 위한 감독님의 신호를 기다리고 있는데 대기 시간이 이상하도록 길어졌다. 콘솔 쪽에 스태프가 하나둘 모이기 시작했고 모두 난감한 표정이었다. 느낌이 좋지 않았다. 이윽고 리허설 때의 메모리가 모두 날아갔다는 감독님의 청천벽력 같은 소식이 전달됐다. 아무래도 두 팀이 공연을 하다 보니 무대를 전환하는 상황에서 실수가 발생한 모양이었다. 급하게 음향을 다시 잡아야 하는데 그 사이 문제를 찾느라 20~30분은 족히 지체된 터였다. 관객들은 이미 한참 기다린 상태였다. 일우가 관객들에게 상황을 설명하고 양해를 구했다. 빨리 체크하겠지만 시간이 좀 더 소요될 예정이니 편히 쉬다가 공연을 즐겨달라고 당부했다. 스탠딩 공연이었기에 관객들이 불편할 것이 걱정되었다. 관객들은 뜨거운 박수와 격려로 괜찮다는 듯 우리를 위로했다.

오프닝 공연만큼의 세트체인지 시간이 지나는 동안 극장의 문은 열리지 않았다. 객석을 꽉 채우고 있던 300명의 관객은 조용히 공연을 기다렸다. 가슴이 뜨거워졌다. 숨죽이고 무대를 응시하는 한 명 한 명의 관객들의 얼굴을 가만히 바라보았다. 팬데믹을 지나는 동안 이들은 우리의 공연을 얼마나 기다리고 있었을까. 이윽고 공연이 시작되었을 때, 관객들은 그들이 전할 수 있는 가장 뜨거운 에너지를 무대 위로 던졌다. 그리고 공연이 끝난 후, 앞서 사고로 인해 무대 마감 시간을 훌쩍 넘겨버린 상황에서도 자리를 뜰 줄 몰랐다. 연신 앵콜을 외치고 있었다. 극장 측의 배려로 앵콜 무대까지 마무리한 후 무대에서 내려왔다.

공연장 밖은 사인을 받으려는 사람들이 긴 줄을 서고 있었다. 유럽 투어를 나가보면 저마다의 사연을 가진 사람들이 공연을 찾아온다. 여러 나라가 연합으로 옹기종기 모여 사는 유럽이기에 7시간 차를 몰아 국경을 넘어 왔다는 팬, 비행기를 타고 왔다는 팬, 기차를 타고 투어의 도시를 따라다니는 팬 등 이곳저곳에서 열정과 마음이 달리고 날아 잠비나이의 공연장으로 모였던 것이다. 그런 사연을 하나하나 만나며 투어의 마지막 밤을 마무리했다. 10년 전 첫 투어를 시작한 해의 겨울, 십여 명의 관객을 앞에 두고 공연을 했던 공연장이 바로 이곳 보타닉이었다. 이 극장을 가득 채우는 데 꼬박 10년이 걸렸다. 서럽도록 고단했던 지난 10년 투어의 고행이 파노라마처럼 펼쳐졌다.

유럽 투어를 진행할 때면 현지 드라이버가 동행한다. 투어 경험이 많은 현지 드라이버는 유럽 내 각 나라들의 교통 상황은 물론 페스티벌 및 투어 진행에 다양한 경험과 노하우가 있어 상당히 도움이 된다. 유럽은 대륙 내 투어 활동이 활성화되어 있고 페스티벌도 많기 때문에 음향 장비 대여, 투어 밴 및 드라이버 등 투어를 위한 전반적인 제반시설을 서포트하는 회사가 많다. 잠비나이는 암스테르담에 위치한 '아티스트 온 더 로드(Artist on the road)'라는 회사와 2014년부터 함께하고 있다. 이 회사 역시 공연에 사용하는 백라인(드럼 세트, 기타 앰프, 베이스 앰프 및 스탠드, 보면대까지 개인 손악기를 제외한 공연에 필요한 모든 음향 장비)과 투어를 위한 인력까지 모든 것을 렌탈하는 사업체다. 놀랍게도 우리는 공연에 필요한 백라인 전체를 렌탈해서 공연을 다닌다. 건장한 성인 남자 두 명이 들어도 낑낑대는 무거운 앰프와 드럼 세트 일체를 차에 싣고 다니며 공연 때마다 세트업하고 철수한다는 말이다. 매번 바뀌는 공연장의 컨디션에 좌우되지 않고 최대한 동일한 사운드를 만들어내기 위해서다.

아침이면 호텔 뒤 주차장에서 짐 싣는 작업이 시작된다. 투어는 공연도 공연이지만 체력전이다. 특히 남성 멤버들이 고생이 많다. 전날 공연을 마치고 멤버들이 들고 날라 실어놓은 백라인 앞으로 개인 짐들이 차곡 쌓인다. 최소 2주 치의 짐들이기에 짐가방들도 적지 않다. 백라인 때문에 좁아진 짐칸에 테트리스 하듯 짐을 쌓고 나면 하루 일과가 시작된다. 공간을 효율적으로 쓰기 위해 미리 계산해보는 것은 당연하다. 빈틈없이 잘 채워지는 날은 더욱 기분 좋게 하루를 시작할 수 있다. 모든 짐을 실은 차를 타고 공연장으로 향한다. 최소한의 지출로 투어를 진행해야 해서 몸을 간신히 태울 좌석만 확보된 차량을 타고 이동한다. 거문고의 경우 길기 때문에 웬만한 투어 밴의 짐칸에는 실리지 않는다. 그럴 땐 좌석과 좌석 사이 윗 공간에 거치할 수밖에 없는데, 이러면 시야가 차단되어 옆 사람의 얼굴은 볼 수 없게 되는 해프닝도 벌어진다. 처음엔 조금 답답하지만 이내 안락하게 기대어 잠들 수 있다는 장점을 발견해내는 멤버들이다. 사실 불편하고 힘든 일투성이인 해외 투어에서 단점을 이렇게 장점으로 승화시키는 능력을 기르지 않으면 이 여정을 견딜 수 없다.

조선 시대 고문 기구였던 칼을 차듯 거문고가 허공을 관통한 차를 타고 공연장에 도착한다. 공연장 사이에 거리가 길 때는 하루에 이동만 15시간씩 할 때도 있다. 공연 없이 넓은 유럽 대륙을 달리기만 하는 날이다. 아무것도 하지 않고 차에 90도 각으로 앉아 이동만 하는데도 체력은 바닥이 나 있다. 그나마 소소한 낙이 있다면 중간중간 쉬어가는 휴게소를 구경하는 것 정도다. 첫 투어에서는 이동만 나흘을 한 적이 있다. 세르비아에서 스페인 바르셀로나로 가는 여정이었다. 지출만 하는 일정에서는 숙소비도 아까워서 가장 저렴한 숙소에 묵는다. 배수 시설이 낙후된 별 2개짜리 호텔의 공용욕실에서는 샤워하는 동안 발목까지 차오르는 물을 빼느라 한참을 기다린 후 다시 샤워를 해야 하는 웃지 못할 상황도 벌어진다.

하염없이 달리다 창밖을 바라보며 울었던 일도 더러 있었다. 유럽은 고속도로 파업도 종종 일어나기에 몇 시간 동안 도로에 서 있었던 적도 많았다. 화장실을 참느라 사색이 된 적도 있었고 배가 고파 당이 떨어져 몸이 떨리던 일도 있었다. 투어 밴은 짐을 싣는 것이 우선 목적이기에 흔히 말하는 깡통 차인 경우가 많다. 에어컨과 썬팅 처리가 없는 차에 여덟 사람이 앉아 유럽의 한여름을 10시간 이상씩 달리다 보면 그야말로 현타가 오는 순간들을 마주할 수밖에 없다. 차 안에서 우산을 펼치고 각자 자기 자리의 창문을 가리는 것도 필수다. 한번은 차의 배기 시설이 고장 나 매연이 차 안으로 들어왔던 적이 있었다. 연달아 공연을 계속하는 일정이기에 차를 중간에 바꿀 수도 없는 상황이었다. 아무리 마스크를 쓰고 견딘다 해도 숙소에 들어와 코를 풀면 시커먼 콧물이 나왔다. 몇 주간 지속되는 일정에 작은 상처를 제때 치료하지 못해 감염이 일어나 한국에 와서까지 고생했던 적도 있었고, 베드버그에게 물려 몇 주간 퉁퉁 부은 다리를 이끌고 간지러움과 사투를 벌인 적도 있었다. 큰 유럽 대륙을 동에서 서로, 남에서 북으로 다니다 보니 심신이 버티다 못해 경미한 발작과 공황 증세가 오기도 했다. 방을 같이 쓰는 은용은 한동안 한방 뜸을 갖고 다녔다. 휴식이 있는 날이면 창문을 열어놓고 뜸 치료를 하곤 했는데 새어 나간 낯선 냄새에 호텔 이웃 방에 머물던 투숙객이 우리 방에서 마약을 하는 것 같다며 신고를 한 웃지 못할 해프닝도 있었다. 집 나가면 고생이라는 말은 정말 진리다. 그럼에도 불구하고 꿈을 이루기 위해 달리고 달리던 지난날들은 더없이 소중한 인생의 경험이다.

지나간 모든 일은 미화된다는 말이 있다. 힘들고 고통스러웠던 결과가 있었다 할지라도 그 과정에서 최선을 다했던 의지는 언제나 아름다웠기 때문이 아닐까. 아름다운 의지들이 모이고 모이면 언젠가는 스스로 빛을 만들어내는 순간이 온다고 믿는다. 잠비나이 공연의 마지막을 장식하는 곡인 「온다」는 '그대가 지내온 아픔들이 빛나는 축복의 별이 되어 온다'라는 가사를 노래하며 마친다. 고생하던 지난날 일우가 투어 밴에서 지쳐 잠든 멤버들의 얼굴을 보며 만든 곡이다. 10년의 세월을 달려 비로소 축복의 별처럼 관객과 함께하는 순간이 찾아왔으니, 요즘 나에게 가장 뜨겁게 와 닿는 곡이다. 나는 이 노래의 메시지가 비단 잠비나이에게만 한정된다고 생각하지 않는다. 「온다」는 지금 이 순간에도 스스로를 믿고 아름다운 열정을 쏟는 모든 사람을 위한 찬가다.

롤링홀과 베라

　　　　　　　　네덜란드 북부에 흐로닝언이라는 도
시가 있다. 늘 그렇듯 관광지로서의 이 도시의 매력은
알 수가 없다. 관광을 목적으로 유럽의 도시를 방문해본
적이 한 번도 없기 때문이다. 다만 이 도시에 얼마나 멋
진 공연장이 있는지는 분명히 안다. 흐로닝언에는 '베라
(VERA)'라는 이름을 가진 공연장이 있다. 그리 크지 않
은 클럽이다. 그러나 사무실도 번듯하게 있고 식당도 있
고 공연을 마치고 숙박을 할 수 있는 시설도 갖추고 있
다. 건물 한 채가 통으로 공연장인 것이다. 무엇보다 오
래된 역사를 자랑한다. 공연장에 들어서면 벽의 위쪽으
로 공연장 전체를 두르고 있는 록스타들의 이름이 가장

먼저 눈에 들어온다. 제법 유명한 뮤지션들이다. 뮤지션의 이름 앞에는 연도가 적혀 있다. 이 공연장의 가장 큰 특징은 연말에 그해 가장 멋진 공연을 펼친 한 팀을 선정한다는 것이다. 그리고 명예의 전당인 벽의 위쪽에 그 이름을 새긴다. 베라 폴(VERA poll)이라는 시스템이다. 이렇게 이름을 올린 밴드들은 공연장에 들어선 관객의 눈에 선명하게 들어오게 된다.

내가 태어난 해보다 앞서 이 벽에 이름을 올린 뮤지션들을 보니 공연장의 오랜 역사가 새삼 느껴졌다. 건물의 입구에서 공연장으로 들어가는 길목에는 베라의 역사를 적어놓은 연표가 있는데, 그 시작이 무려 1945년이었다. 흑백사진으로 시작된 공연장의 역사가 시간의 흐름을 타고 점점 컬러로 바뀌는 모습은 가히 장관이었다. 카메라 한 컷에는 모두 담기지 않을 만큼의 시간이었다. 그 긴 시간 동안 대중음악 공연장이 살아남을 수 있었다는 사실이 믿을 수 없었다.

오랜 역사의 베라는 안정적인 시스템을 갖췄다. 매 공연마다 수작업으로 만드는 실크스크린 포스터도 감각적이고, 뮤지션들이 편안하게 쉴 수 있는 공간이 공연장에 붙어 있다는 점도 매력적이다. 공연장과 숙소의 동선이 공연에 미치는 영향은 얼마나 될까? 다른 멤버들은 몰라도 여성 멤버들에게는 무척 매력적인 조건임에는 틀림없다. 매일 이동 후 공연을 하는 스케줄이 대부분인 우리로서는 숙소에서 준비 시간을 확보할 수 있다는 것은 꽤나 큰 호사다. 메이크업도 여유롭게 할 수 있고 리허설 후 짧은 휴식 시간에도 편안하게 쉴 수 있으니 말이다. 공연장 뒤편의 백스테이지 옆으로 난 계단으로 한 층만 올라가면 9명 정도가 숙박할 수 있는 침대와 샤워 시설 등이 마련되어 있다. 1층 차고는 우리가 타고 다니는 투어 밴이 너끈히 들어갈 정도로 여유가 있고 세탁기도 있다. 늘 깨끗한 침대 시트와 수건이 준비되는 것을 보면 이 공간을 어떤 마음으로 지켜나가고 있는지 느낄 수 있다. 숙소의 시설을 이렇게 유지하는 것만 봐도 정성이 느껴지는데 공연에 관련된 부분은 두말할 것도 없다. 관객들은 베라의 큐레이팅과 공연을 만들어내는 퀄리티를 믿고 찾아온다. 관객들의 신뢰 덕에 이 오랜 역사가 유지되고 있을 것이다. 연주자와 관객이 모두 신뢰하는 공연장에 한 해 최고의 공연으로 벽에 새겨지는 것은 엄청나게 뿌듯한 일이겠지. 베라에 처음 갔을 때의 생각이었다.

잠비나이는 베라에서 지금까지 총 네 번 공연했다.

2014년, 2016년, 2019년 그리고 코로나 팬데믹 이후 2023년. 모든 공연이 아름다웠다. 특히 2019년 10월의 공연은 그해 최고의 공연으로 선정되어 '베라 폴'에 이름을 올렸다. 실력 있는 록스타들 사이에 잠비나이도 당당히 한자리를 차지한 것이다. 당장에라도 날아가서 영광스러운 벽면을 눈으로 확인하고 싶었지만, 이듬해 코로나의 강타로 요원하게 되었다가 투어가 재개된 2023년 5월, 드디어 직접 확인하게 되었다. 세상에 수많은 공연장이 있고 베라는 그중 하나에 지나지 않는다. 하지만 오랜 시간 같은 마음으로 공간을 유지해온 정성과 노력은 공연장이라고 모두 같지 않다. 음악을 사랑하는 마음과 좋은 공연을 관객에게 전하겠다는 신념의 결과물인 베라에 이름을 올린 것은 그래서 더 뭉클했다. 미래의 누군가에게 우리의 공연이 아주 멋진 하루를 장식했었노라고 전해질 것을 생각하니 뿌듯하고 한편으로는 어깨가 묵직해지기도 했다. 멤버들 각자 다른 마음으로 그 순간을 맞았을 것이다. 그 감정을 안고 모두 카메라 셔터를 눌렀다. 한편으로는 이 공연장을 거쳐간 이제는 전설이 되어버린 밴드들처럼 우리도 날아오를 수 있을까 바라기도 하면서.

오랜 역사를 간직한 유럽을 오가며 시간의 축적을 몸으로 체험한다는 것에 대해 생각한다. 시간이란 눈으로 보고 만질 수 없는 것임에도 베라 같은 공간에 가면 과거, 현재, 미래를 모두 느낄 수 있다. 클래식 공연장이야 음악 역사가 오래된 만큼 공연장 역시 오래된 곳이 많지만 대중음악 공연장이 오랜 역사를 갖기란 쉽지 않다. 역시 생존의 문제와 직결되기 때문이다. 아쉽게도 한국에서의 대중음악 공연장과 관련된 소식에는 늘 경영의 어려움이 부제처럼 따라다닌다. 경영난을 이기지 못하고 사라진 공연장도 많다. 폐업 소식이 들리면 어김없이 그곳에서 연주했던 지난날이 떠오른다. 공연장과 함께 누군가의 추억도 희미해지는 것이다. 공연을 한 사람과 본 사람 모두에게. '그 공연장에 가면 언제나 좋은 공연을 볼 수 있어!'라고 말할 수 있는 공연장이 동네에 하나쯤 있다면, 더욱이 그 공연장이 세대를 이어 계속 존재한다면 얼마나 좋을까. 친구와 다투었을 때, 연인이 생기거나 헤어졌을 때, 시험에서 떨어졌을 때. 위로가 필요한 인생의 순간마다 의심 없이 걸음을 옮겨 좋은 공연으로 위로받을 수 있는 공간이 있다면 팍팍한 삶도 제법 견딜 만할 것이다. 그렇다고 그런 공연장이 한국에 영 없는 것은 아니다.

매년 한 해가 시작되면 홍대의 한 클럽에서 릴레이 공연이 열린다. 잠비나이도 언젠가부터 이 릴레이 공연 행렬에 참여하게 되었다. 1995년 롤링스톤즈라는 이름으로 개관한 이래 30년 동안 인디음악의 든든한 땅이 되어주는 공연장 롤링홀이다. 한 살 한 살 나이를 더해가는 것을 매년 자축하는 릴레이 공연은 걸출한 밴드들이 라인업에 포진되며 깊이를 더해준다. 20년이 훌쩍 넘는 세월 동안 버텨준 공간이 있다는 것만으로도 축하를 받아 마땅하지 않을까. 이제 내게도 롤링홀에서 만들어진 추억이 제법 있다. 모든 공연이 단절되어 뮤지션들에게 절망처럼 다가온 코로나 시기에 '우리의 무대를 지켜'달라며 목소리를 내던 현장도 바로 롤링홀이었다. 한국 인디음악의 역사를 품고 있는 롤링홀 무대에 많은 뮤지션이 모여 뜨겁게 노래한 것은 이 무대를 타고 계속 이어질 한국 대중음악 씬의 미래에 대한 간절함이기도 했다. 상수역과 합정역의 중간 지점. 리허설과 공연 사이에 후루룩 먹는 우동 한 그릇과 공연 후 뒤풀이 자리에서 소주잔을 기울인 족발집, 매번 주차가 어려워 조금이라도 저렴한 주차장에 주차한 후 악기와 이펙터를 들고 걷는 골목골목 모두가 롤링홀과의 추억이다. 앞으로도 롤링홀이 계속 그 자리에 있어준다면 나의 추억도 그 공간에서는 언제나 살아 있을 것만 같다.

롤링홀과 베라를 오가며 한국의 관객과 해외의 관객을 생각한다. 해외 활동 초기에 한국의 관객과 해외의 관객은 어떻게 다르냐는 질문을 많이 받았다. 그때마다 해외의 관객은 표현의 밀도와 크기가 정말 다르다는 대답을 늘 했던 것 같다. 눈물을 흘리는 관객, 연인과 키스하는 관객, 홀린 듯 춤을 추는 관객, 심지어 홀로 독백하며 소리를 지르기도 하는 관객도 있었다. 지붕이 있든 없든 옆 사람이 있든 없든 신경 쓰지 않았다. 관객들 역시 누군가 자신의 스타일로 그 순간을 즐기는 것에 뭐라 하지 않았다.

때론 나라마다 약간 다른 관람 특성을 느끼기도 했다. 실제로 핀란드로 첫 해외 공연을 갔을 때였다. 그때까지 공연의 반응에 대한 경험은 한국에서가 전부였다. 조용히 그러나 깊게 감상하고 곡이 끝난 후 약간의 시간을 두고 정갈하게 마무리되던 박수 소리. 잠비나이 공연의 반응은 늘 그랬다. 그러나 어떠한 예상 시나리오도 갖지 못한 채 경험했던 첫 번째 해외 공연은 충격이었다. 사람들은 사정없이 머리를 흔들고 심지어 잠비나이 곡 중에 가장 조용한 곡인 「커넥션」을 연주할 때도 발을 구르며 박수를 치고 함성을 질렀다. 당최 이게 무슨 반응인지 몰랐다. 그 곡이 누군가에게 역동적으로 다가갈 수 있다는 생각은 먼지만큼도 해본 적이 없었기에 관객의 반응을 믿을 수 없었고 그때 음악을 받아들이는 정서가 무척 다름을 느꼈던 것 같다. 그도 그럴 것이 핀란드가 위치한 북유럽의 대중들은 헤비메탈이나 하드코어처럼 강하고 어두운 음악을 선호한다고 했다. 음악을 즐기고 표현하는 성향이 기본적으로 강하다고 생각했다.

반면 프랑스에서는 공연이 끝난 후 한참을 기다려서라도 자신의 감상을 전한다. 공연이 어떻게 다가왔고 어떤 점이 자신의 마음에 울림을 주었는지를 꼼꼼하고 상세하게 전달하고자 한다. 그래서 무대 정리를 마치는 시간까지도 기다렸다가 공연에 대한 소회를 꼭 늘어놓고 가는데 그 모습이 마치 칭찬 감옥에 가두려는 듯 보이기도 했다. 그렇게 프랑스에서는 관객으로부터 숱한 다정한 말들로 샤워를 하는 로맨틱한 밤을 맞을 수 있다.

한국의 관객도 이젠 잠비나이의 공연을 역동적으로 즐긴다. 어떤 리액션을 해야 할지 몰라 머뭇거리던 세월을 지나 이젠 페스티벌에서 서클핏을 만드는 모습도 보게 된다. 잠비나이도 록페스티벌 무대에 오르는 밴드라는 것을 해외 페스티벌 참여를 통해 증명한 결과이기도 할 것이다. 롤링홀과 베라를 오가는 10년 동안 어쩐지 한국 관객과 해외 관객의 거리도 좁아진 것 같다. 이제 한국의 관객과 해외의 관객이 얼마나 다르냐는 질문을 받아도 그 답이 같을 것이기에. 음악을 즐기는 데 매뉴얼이란 게 있을까. 새로운 음악 형태를 만나더라도 그저 마음 가는 대로 그 순간을 느끼고 온전히 담아가는 게 중요하지 않을까. 우리의 감각은 누구도 대신할 수 없고 그 방식을 강요할 수도 강요받아서도 안 된다. 다시 돌아오지 않는 시간, 그 순간을 충분히 즐기는 것만이 공연을 즐기기 위해 합의된 유일한 매뉴얼이 아닐까.

지속가능한 음악

        엔데믹 선언 이후 2023년 5월 재개
한 유럽 투어 때였다. 한적한 초원을 달려 벨기에의 딕스
무이데(Diksmuide)라는 도시에 도착했다. 고풍스러운 건
물로 가득 찬 도시는 놀랄 만큼 깨끗하고 조용했다. 지금
까지 수많은 유럽의 도시들을 다니고 비슷하게 생긴 오래
된 건축물들을 만나왔는데, 낯선 도시에 가면 매번 그 나
름의 새로움을 마주하며 또다시 설렌다는 것이 신기하다.
조용한 도시 한편에 자리 잡은 공연장 '4AD'에 도착했다.
유럽으로 공연을 다니다 보면 숙박 시설을 갖춘 공연장을
더러 만나는데, 4AD 역시 그런 곳이었다. 공연장 옆 건
물에 식당과 숙박 시설을 갖추고 있었다. 1층엔 자원봉

사자들을 위한 숙소와 구내식당, 2층과 3층엔 아티스트들이 공연 기간 머물 수 있는 방이 있었다. 2층에 자리한 세 개의 방 중, 창 너머 논이 보이는 방에 짐을 풀었다.

깨끗하고 정갈하게 정리된 방 문 뒤편에 무엇인가 안내사항으로 보이는 그림이 붙어 있었다. 'A Sustainable story(지속가능한 이야기)'. 무슨 그림인가 싶어 유심히 보았다. 공연장의 모든 스태프는 자전거와 대중교통을 이용해 출근하고 식당과 바, 매표소 등은 자원봉사자들에 의해 운영된다는 이야기가 그림과 함께 적혀 있었다. 또 바에선 빨대를 사용하지 않고, 백스테이지의 음료 역시 재사용이 가능한 용기에 담아낸다고. 스태프와 아티스트에게 제공되는 식사는 채식으로 준비되며 육식을 하는 것이 환경에 미치는 영향에 대해서도 그려놓았다. 그들의 공연장이 환경에 대해 얼마나 관심이 있고, 어떤 시스템으로 운영되며 그것이 환경에 어떤 영향을 미치는지 일러두는 그림이었다. 이 모든 과정 위에 '지속가능한 이야기'라는 제목을 붙인 것이 인상적이었다.

사실 이 순환의 고리에 대해 모르는 사람은 없다. 늘 환경에 대한 이야기를 주고받으며 지내지만 실제로 우리는 얼마나 친환경적인 루틴을 갖고 있을까? 아마 현시대를 살면서 환경에 대해 아예 무감각한 사람은 없을 거라 생각된다. 잠비나이 역시 팀을 꾸릴 시절 환경에 관심이 있었다. 이에 대해 우리가 고민하는 점들을 음악에 녹여보자 의논했고, 그렇게 탄생한 곡이 「나무의 대화 2」였다. 나는 다소 그로테스크하지만 인간의 욕심이 환경에 미치는 부정적인 면을 부각해 내레이션을 직접 쓰고 곡에 삽입하기도 했다. 몇 년 전에는 환경오염에 큰 영향을 미치는 육식을 중단해보려고 한 달 동안 채식에 도전하기도 했는데 생각보다 어려웠다. 생각 이상으로 육식을 즐기고 있었다는 것을 알게 된 힘겨운 도전이었다. 지금도 가급적 텀블러를 사용하려 하고 배달음식은 자제하는 편이지만 그래도 일상에서 완벽하게 친환경적인 루틴을 갖기란 무척 어렵다. 문득 이런 시스템을 기획하고 실천할 수 있는 용기가 부러워졌다. 더군다나 공연장에서. 어쩌면 가장 자극적이고 감각적인 매체를 다루는 공간에서 이런 자연친화적인 추진력이라니 놀라웠다. 환경에 대한 심각성이 사회적 담론으로 대두되는 요즘, 예술 활동은 때론 논란의 대상이 되기도 한다. 이를테면 대규모 쓰레기가 생산되는 조형예술 작품이나 체험형 공연 등에 대해 우려의 목소리가 높아지고 있다. 일회성으로 소비되는 작품들도 상당수이기 때문이다. 반면에 쓰레기를 수집해 작품 활동으로 이어가는 작가도 많지만, 환경과 예술의 팽팽한 줄다리기는 여전히 논란거리다.

몇 년 전, 세계적 밴드 콜드플레이가 월드 투어를 하지 않겠다 선언했던 사건이 있었다. 투어가 환경오염에 일조하기 때문이라는 이슈였다. 실제로 한 번의 공연이나 페스티벌이 열리는 데에 엄청난 쓰레기가 생겨난다. 먹고 마시며 생기는 쓰레기와 오물, 이동수단에서 생겨나는 매연과 무대 건축물 쓰레기 등. 이것은 비단 음악 페스티벌뿐만 아니라 대규모 행사가 열리는 모든 현장에서 만날 수 있는 풍경이다. 쓰레기와 탄소배출 문제에서 자유로운 행사는 아마 없을 것이다. 무대 뒤 아티스트들의 백스테이지만 보더라도 수북이 쌓인 페트병 음료와 일회용품 등 환경보존과는 거리가 멀어 보이지만 그렇다고 없으면 불편한 물건들이 즐비하다. 페스티벌을 즐기는 관객의 상황도 마찬가지다. 요즘에는 이러한 환경 이슈들이 심각한 사회문제로 대두되기에 페스티벌들은 환경에 대한 고민과 함께 행사를 진행하는 것이 필수가 된 것 같다.

실제로 코로나 이후 한국에서 열린 두 개의 페스티벌

에 참여했는데 이전과 다르게 다회용 용기를 반납하는 부스가 눈에 띄었다. 그러나 수만 명의 사람이 며칠 동안 집중적으로 만드는 쓰레기를 눈에 띄게 줄이기란 쉽지 않다. 이러한 이유로 콜드플레이는 2019년에 월드 투어 중단을 선언했고 3년 뒤 획기적인 방법으로 돌아왔다. 관객들이 발을 구르면 동력을 발생시키는 키네틱플로어나 재사용이 가능한 식물성 손목밴드, 플라스틱 음료 용기를 줄이기 위한 식수대 설치 등 친환경적인 장치들을 이용하여 공연을 진행했고 지금도 공연을 통한 탄소 배출을 줄이는 데 앞장서고 있다. 영향력이 있는 밴드가 이런 프로젝트를 진행한다는 것은 모두가 따르지는 못할지라도 환경문제에 대해 한번은 생각해볼 기회를 만든다는 점에서 매우 의미있다고 생각한다.

식사 시간이 되어 작은 마당이 보이는 1층 식당으로 갔다. 자유롭게 마당을 돌아다니는 닭 두 마리가 인상적인 공간이었다. 믿을 수 없이 맛있는 냄새가 나서 메뉴가 대체 무엇인지 궁금했다. 이내 아스파라거스, 버섯, 파스타 등으로 만든 소박한 식탁이 차려졌다. 모두 비건 음식이라고 했다. 요즘은 비건 음식들에 대한 편견이 사라지고 있지만, 몇 년 전만 해도 나에게 비건 음식은 곧 맛없는 음식이라는 고정관념이 있었다. 워낙 육류를 좋아하기도 하고 식물성 단백질로 만든 대체식품들의 맛이 떨어지다 보니 생긴 편견이었다.

십여 년 전에 아일랜드의 한 무용단과 협업 프로젝트를 진행한 적이 있었다. 한국과 아일랜드, 양국의 무용수들과 음악인들이 모여 하나의 작품을 만들고 두 나라에서 투어를 하는 프로젝트였는데, 작업을 하기 위해서 한국에서 일정 기간, 아일랜드에서 일정 기간을 체류했다. 아일랜드의 무용수들은 비건도 몇 명 있었다. 한국에서는 비건이라는 용어도 낯설게 들릴 때였다. 한국에서 연습할 때였다. 점심 식사는 연습실 근처 백반집에 장부를 달고 하고 있었다. 백반집 메뉴야 뻔하다. 한국식 가정식에 찌개와 메인 반찬이 바뀌는 구조. 돼지고기 반찬 아니면 생선구이가 번갈아 올라오고 된장찌개 또는 김치찌개가 반복되는 구조다. 한국 사람에게는 너무나 맛있고 푸짐한 한 상이지만 젓갈이 들어간 김치도 먹지 않는 비건에게는 가혹한 한 상이 아닌가. 흰 쌀밥에 마른 김, 간장만을 한 달 내내 먹던 비건 친구의 얼굴이 떠오른다. 아마 그 친구는 한국을 추억할 때 쌀밥과 김, 간장을 떠올리겠지. 요즘이야 한국에도 맛있는 비건 레스토랑들이 많이 생겨나고 있어 다행이긴 하지만 가격도 높고, 보편화되려면 아직 시간이 더 필요한 것 같다.

아일랜드 친구가 잠시 떠올랐던 비건 밥상을 앞에 두고 포크를 들어 첫술을 떴다. 감칠맛 나는 버섯구이에 눈이 번쩍 뜨였다. 아스파라거스도, 크림 없는 크림 파스타도, 후무스도 너무 맛있었다. 이런 음식을 매일 먹을 수 있다면 지금 당장이라도 비건이 될 수 있겠다 싶었다. 모처럼 맛있는 비건 식사를 마치고 공연장에서도 재사용 물병에 든 물을 마시며 공연을 마쳤다. 이상과 현실은 언제나 멀지만 그 거리를 좁히려는 의지는 늘 우리의 삶을 좀 더 나은 방향으로 흘러가게 하는 것 같다. '지속가능한 이야기' 그림을 보고 이후 진행된 리허설과 식사, 공연 등이 전과는 조금은 다르게 다가왔으니까. 드라마틱한 변화는 쉽지 않을 것이다. 사실 한국에 돌아와서도 생활 패턴이 크게 달라지진 않았다. 그러나 물건을 살 때도, 사용하고 버릴 때도 공연장에서 보았던 그림 한 장이 떠오른다. 그리고 되도록 쓰레기가 적게 나오는 방법은 무엇일까 생각해본다. 공연장이라는 공공의 장소에서 이루어진 실천이라 조금 더 의미가 남달랐던 것 같다. 결국 지속가능한 이야기는 우리를 위한 것이기도 하다. 지속

가능한 음악 활동, 지속가능한 삶의 이야기, 모두 우리가
숨 쉬고 사는 이 터전이 변함없이 이 자리에 존재해주어
야 가능한 것이니까.

결국엔 사람

          2024년 7월에 처음으로 아시아 투어를 진행했다. 투어는 중국의 밴드 왕웬(惘闻, Wang Wen)의 제안으로 시작되었다. 왕웬은 중국 대련을 베이스로 활동하는 포스트록 밴드다. 멤버는 6명으로 기타 두 대와 드럼, 베이스, 신시사이저, 트럼펫과 튜바, 플루트 등의 관악기의 구성으로 이루어져 일반적인 밴드 사운드보다는 조금 더 독특한 사운드를 만든다. 1999년에 결성된 대밴드로 밴드의 역사에 걸맞게 중국 내에서 왕웬의 인기는 대단하다. 이런 왕웬에게서 함께 투어를 해보자는 제안이 들어왔다. 자신들의 25주년 기념 월드 투어 아시아 파트에 잠비나이와 함께하고 싶다는 것이었다. 아시아 투어는 7월 3일 도쿄에서의 공연을 시작으로 4일 오사카, 6일 가오슝, 7일 타이중, 9일 타이베이, 13일 방콕에서의 공연까지, 10일 동안 6회의 공연을 함께하는 것으로 짜여졌다.

본격적인 아시아 투어를 진행하기에 앞서 5월에 진행된 유럽 투어에서 만나게 됐다. 5월 9일에 벨기에 헨트에서 열린 덩크 페스티벌에 함께 참여했다. 무대와 공연 시간이 달라 스치듯 인사만 나눈 정도였고, 이후 5월 13일 체코 프라하에서 두 팀이 함께 공연을 만들었다. 이때만 해도 서로 서먹한 기운이 있어 비즈니스적인 인사만 나누었는데, 사실 나로서는 같이 투어를 해야 하는 대상 그 이상도 이하도 아니었다. 왕웬에 대한 어떠한 호기심도 없는 상태였지만 표현할 수 있는 최대의 친절을 발휘했다. 사실 그런 억지 친절도 피곤했다. 투어는 늘 체력 소모가 크기에 언젠가부터는 공연 전후로 다른 아티스트의 공연을 보는 것도 힘들어졌다. 공연을 위해 체력을 아껴야 했다. 그렇게 프라하에서도 왕웬의 공연을 보지 못하고 극장 앞에서 함께 찍은 사진만 간신히 남겼다. 빨리 숙소로 돌아가 쉬고 싶은 마음뿐이었다. 8일에 유럽에 도착했기 때문에 한창 시차 적응 중이기도 했다. 왕웬에 대한 첫인상은 딱 그 정도였다. 지금까지 공연장에서 스쳐 온 수많은 아티스트 중 하나. 서울로 돌아와서는 왕웬에 대해 완전히 잊고 일상을 살았다.

매년 여름이 더워지고 있지만 2024년의 여름은 6월부터 더위가 기승을 부렸다. 이 더운 때에 더 더운 나라들로 투어를 간다고 하니 주위에서 나보다 더 걱정했다. 일본, 대만, 태국은 여행으로 많이 방문했던 나라들이라 무척 친숙했지만, 공연으로는 처음 방문하는 터라 살짝 걱정은 됐다. 습도가 높은 나라들이기에 악기 걱정이 컸다. 국경을 넘나드는 것이 비교적 자유로운 유럽에 비해 아시아는 국가 간 이동에 필요한 비자나 행정 절차가 복잡해 준비하는 것 역시 자잘한 피로함을 유발했다. 어쨌거나 우리에게 아시아는 첫 무대였기에 걱정 반 설렘 반으로 인천으로 향했다.

비가 퍼붓는 아침이었다. 수속을 마치고 비행기에 탑승한 후 몇 시간 걸리지 않아 도쿄 나리타 공항에 도착했다. 유럽으로 떠나는 투어는 긴 비행 시간 때문에 만반의 준비를 하고 탑승하는데 단출한 차림과 준비로 비행을 하니 몸무게까지 가벼워지는 느낌이었다. 비행기를 타는 시간이 짧기만 해도 감동이었다. 도쿄 시부야 근처의 숙소에 도착하니 아직 낮이었다. 드르머 재혁 오빠가 일본어로 체크인을 도왔다. 카운터의 직원은 한국인 투숙객 가운데서 일본어가 들려오는 것이 반가워 자신이 끌어올릴 수 있는 최대의 친절을 길어 올리는 듯 보였다. 멤버 중엔 일본을 처음 방문하는 사람도 있어 살짝 흥분 상태였다. 짧게 쇼핑을 하고 예약해둔 이자카야로 저녁을 먹으러 갔다. 허리를 구부려 좁은 문을 통과해야 들어갈 수 있는 곳이었는데 마치 지브리의 영화를 보듯 이국적인 체험이었다.

도쿄와 오사카, 두 번의 공연에서는 일본의 포스트록 밴드 '모노'가 가세해 세 밴드가 '삼국연의'라는 타이틀로 공연을 하기로 예정되어 있었다. 모노 역시 25년이나 된 팀으로 해외 페스티벌에서 헤드라이너를 차지하는 인기 있는 팀이다. 잠비나이와는 네덜란드에서 열린 한 페스티벌에서 처음 만났다. 페스티벌에 참여한 아티스트 중 유일한 아시아 밴드들이었기에 특별한 연대가 생겨났다. 모노의 팬이기도 한 멤버들도 있어서 이미 호감이 있는 상태였다. 그렇게 인사를 나눈 후 잠비나이 쪽에서 제안해 한국 초청 공연을 성사시킨 일도 있었던 데다, 2023년 5월에 영국 런던에서 열렸던 포털스 페스티벌에서는 모노와 잠비나이가 각각 다른 무대에 헤드라이너로 오르며 공연장에서 반갑게 조우한 기억도 있었기에 모노에게는 특별한 애정이 있다.

왕웬과 모노 그리고 잠비나이. 중국과 일본, 한국이 얽힌 역사는 모두가 알다시피 긴 시간을 거슬러 오른다. 서로 총칼을 겨눈 역사가 있지만 문화적으로는 그 어떤 나라들보다 활발하게 섞여들었던 세 나라다. 포스트록이라는 장르의 큰 테두리로 묶인 우리지만 각 밴드의 음악은 색채감이 확연히 달랐다. 음악이란 오묘하다. 특별히 가사로 전달되는 메시지가 없다 해도 음율 속에서 그 나라의 정취가 느껴진다. 가깝게 자리한 세 나라이지만 그 어느 곳보다 멀게 느껴지는 세 나라의 음악은 각자의 빛을 뿜어내며 한 무대에 섞여들었다. 여전히 각국의 정치적 긴장감이 누그러지지 않는 가운데 이틀 밤, 음악만은 국경을 넘나들었다.

성황리에 일본에서의 두 번의 공연을 마쳤다. 모노는 왕웬과 잠비나이를 손님이라며 대기실을 내어주고는 자청해서 화장실 앞 간이 대기실을 사용했다. 늘 연장자 우선인 환경에서 자라온 나로서는 퍽 인상적인 상황이었다. 오사카 공연을 마치고 세 팀이 함께하는 뒤풀이가 마련됐다. 공연장에서 정리하고 나온 시간이 이미 밤 11시가 넘었으니 몸이 지친 상태였다. 잠깐 참석해서 인사라도 하고 나오자는 심산으로 식당으로 향했다. 메뉴는 훠궈였다. 좋아하는 훠궈를 보니 또 식탐이 발동했다. 구석자리에 앉아 야금야금 먹고 있는데 사람들이 술잔을 들고 테이블을 옮겨 다니기 시작했다. 여기저기 왁자지껄 웃고 떠드는 소리가 식당을 채웠다. 무대 위에서 음악으로 한바탕 후련하게 비우고 나면 무대 아래에서 이렇게 시끌벅적 다시 마음들을 채운다. 음악에 동력이 되는 감정들을 땔감 모으듯 일상에서 차곡차곡 모은다. 구석에 앉아 그 모습을 보니 왠지 모르게 마음이 뭉근해졌다. 딱 한 잔만 마셔야지 결심했던 마음도 녹아들어 두 잔, 세 잔 들이키게 되었다.

시간이 제법 흘러 내가 앉은 테이블에 얼큰하게 취한 타카 씨가 앉았다. 그는 무대 위에서 더없는 비극미를 자랑하는 모노의 리더다. 잠비나이의 음악에 대한 칭찬을 아끼지 않으며 자리에 앉은 그는 25년 동안 음악을 하며 겪었던 고생담을 들려주었다. 멤버 모두가 한 방에서 숙박하며 투어를 했던 일, 허름한 곳에서 자느라 잠자리에서 쥐를 보았던 일 등. 젊은 날에는 멤버끼리 싸우기도 많이 싸웠단다. 잠비나이보다 10년을 앞서 걸은 그들이다. 투어가 힘든 것은 익히 알고 있지만 그들이 어떤 시간을 지나왔을지 감히 상상하기 어려웠다. 끝내 터널을 지나온 그가 한참이나 어린 후배들에게 한마디 했다. "즐겁게 음악하세요. 어차피 시간은 흐르고 힘든 일은 다 지나갑니다." 포스트록의 역사를 쓴 사람의 다정한 조언을 듣고 있는 그 시간이 비현실적으로 느껴졌다. 잠비나이 활동을 열심히 해왔기에 주어진 특별한 행운이었다. 우리는 다시 만날 것을 기약하며 헤어졌다.

다음 날은 대만 가오슝으로 이동하는 날이었다. 오전 11시 비행기였기에 아침 일찍 나섰다. 이제부터는 왕원과 잠비나이, 두 팀이 만들어가는 투어였다. 남은 네 번의 공연 중 앞의 두 공연인 가오슝과 타이중에서의 공연은 잠비나이가 마지막을, 뒤의 두 공연인 타이베이와 방콕에서의 공연은 왕원이 마지막을 장식하기로 했다. 가오슝의 공연장은 요즘 핫한 보얼예술특구에 자리하고 있었다. 바닷가에 자리하고 있어 상상을 초월할 정도로 습하고 더웠다. 인생에서 가장 강렬한 더위로 기억될 듯하다. 리허설을 마치고 근처의 유명하다는 우육면 집에서 국수도 한 그릇씩 했다. 공연까지 시간이 조금 있었기에 호텔에서

쉬다 다시 공연장으로 향했다. 저녁이 되니 다행히 조금
은 선선해져 걸을 만했다. 왕웬의 공연이 끝나고 세트체
인지 시간이 넉넉해 비교적 여유롭게 무대에 올랐다.

첫 곡을 시작하는데 콘솔 옆에서 목발을 짚고 서 있
는 씨에 씨가 보였다. 그는 왕웬의 기타리스트이자 리더
로 연초에 빙판에서 넘어져 다리 부상을 당한 상태였다.
5월 유럽 투어에서도 그는 목발 투혼을 펼쳤다. 씨에 씨
뿐만 아니라 다른 멤버들도 잠비나이의 공연을 객석에서
끝까지 관람했다. 피곤을 무릅쓰고 함께하는 밴드의 공
연을 관람하는 그들의 모습은 생각보다 큰 파장으로 나
를 진동했다. 설사 그들 개인의 필요에 의해 공연을 관람
했다 해도 객석에 묵직하게 서 있는 목발의 존재는 실로
큰 힘이 되었다.

문득 부끄러워졌다. 새로운 음악을 만나는 호기심은
늘 피곤하다는 핑계 뒤에 가려졌다. 언젠가부터 생동하
는 음악의 현장을 만날 수 있는 기회를 매번 스스로 차버
리고 있었다. 공연은 어느덧 일이 되어 있었던 거다. 직
장인들이 울며 겨자 먹기로 버틴다는 회사 일 같은 그 일
말이다. 그들은 25년 동안 세상을 돌며 연주를 하고 셀
수 없이 많은 아티스트를 만났을 텐데 여전히 새로운 음

악에 눈을 빛내고 있었다. 그들에게 음악은 어떤 의미일지 또 나에게 음악은 어떤 의미인지 생각하며 한 곡 한 곡 연주했다. 고해성사와도 같은 공연을 마치고 대기실로 들어가니 왕웬 멤버들이 숙소에 돌아가지 않고 우리를 기다리고 있었다. 그 모습 또한 놀라웠다. 이쯤 되면 확신이 든다. '아, 이 사람들에게는 투어가 단지 일인 것만은 아니구나!' 그들에게 이번 투어는 모험이자 연대라는 생각마저 들었다. 감사했다. 멋진 사람들과 함께하고 있구나. 시원한 맥주를 한 캔씩 부딪치며 우리는 비로소 통성명을 했다. 서로가 가진 한자 이름을 종이에 적어가며 중국어로 또 한국어로 부르며 웃고 떠드는 동안 우리의 거리는 조금 더 가까워졌다.

다음 날 진행된 타이중에서의 공연에서도 그들은 객석을 지켰다. 이제 우리의 거리는 어제보다 조금 더 가까워진 듯하다. 타이중에서의 공연은 무대 위의 우리에게도 특히나 좋았다. 신기한 점은 매번 같은 곡을 연주하는데도 유난히 멤버들과 통한다는 느낌을 받을 때가 있다. 그런 날은 음악 안으로, 연주 안으로 깊이 들어가는데 공연이 끝난 후 이야기를 나눠보면 모두가 그런 느낌을 받는다는 것이다. 음악의 정령이 멤버들의 손끝을 톡톡 건너

다니는 것일까. 이젠 제법 친숙해진 왕웬의 멤버들과도 그날의 공연이 참 좋았다는 이야기를 나눴다. 연이은 이동과 공연으로 쌓인 피로도 공연이 주는 희열에 금세 날아간다.

다음 날은 타이베이로 이동하는 일정이었다. 공연을 하루 쉬어가는 날이었기에 왕웬이 저녁 식사를 함께하자고 제안했다. 나오는 음식마다 모두 맛있었고 처음 경험하는 맛들도 있었다. 우리는 어느 정도 배를 채우고는 술잔을 들고 서로의 테이블을 넘나들었다. 서로 서먹하던 일본에서의 뒤풀이와는 분위기가 사뭇 달랐다. 통성명도 했고 반갑게 인사도 나눌 수 있게 되었으니 서로에게 느끼는 점도 편하게 이야기할 수 있었다. 나는 그 무렵 왕웬에게 아티스트적으로나 인간적으로나 언어로 딱 꼬집어 설명할 수 없는 많은 감정을 느끼고 있었다. 그들이 음악을 대하는 태도, 사람에게 전하는 기운, 순수함, 그 모든 것이 자극과 영감이 되고 있었다. 더불어 매 순간 나를 돌아보게 되었다. 맛있는 음식과 시원한 맥주가 들어가니 흥도 오르고 감정도 올랐다. 내 안에서 요동치는 오만가지 감정이 뒤엉켜 결국 눈물로 폭발했다. 그동안 멤버들에게 고맙고 미안했던 감정까지도. 우리는 서로 부둥켜안고 한바탕 살풀이를 했다.

때때로 인생은 어떤 시점에 만나게 되는 사람이나 벌어지는 사건으로 인해 앞으로 나아가기도 하고 뒷걸음질치게 되기도 한다. 살면서 경험했던 어떤 더위보다도 뜨거운 2주를 보내는 동안 나 역시 뜨겁게 자정하는 시간을 보냈다. 왕웬 덕분에 전보다 조금 더 나은 사람이 될 수 있었던 것 같다. 달리는 기차가 어느 순간 제어하는 기능을 상실하면 그 이후에 벌어지는 일은 효율이 아니라 사고가 된다. 무언가에 몰두하는 것은 좋지만 너무 과잉되어 그 의미마저 잊을 때 우리는 팽팽하게 잡고 있던 끈을 놓쳐버리는 것이다. 우리가 모인 이유, 우리였기 때문에 이 여정을 함께할 수 있었다는 것을 아시아 투어를 통해 깨닫게 되었다.

타이베이의 술자리에서 왕웬의 매니저 쑤에게 물었다. "어떻게 25년이라는 긴 시간을 함께했나? 비결이 무엇이었나?" 쑤는 한마디만 했다. "리더인 씨에가 단 한 번도 멤버들을 함부로 대한 적이 없다." 위대한 모든 것을 지탱하는 가장 큰 기둥은 사람, 관계라는 것을 왕웬을 통해 배웠다. 그리고 그 시작은 아주 사소한 태도에서부터라는 것을.

음악과 통증

      2024년 초, 왼쪽 어깨에 미미한 통증이 찾아왔다. 중학교 때부터 매일같이 뻣뻣한 명주실에 손가락을 비벼대다 보니 몸 한구석에 통증은 늘 갖고 사는 삶이 되었다. 그러면서 좋은 일인지 나쁜 일인지 통증에 조금은 둔감하게 되었다. 정확히 말하자면 통증을 잘 참게 되었다. 딱 그 정도. 어깨 통증은 참을 수 있을 정도의 것이었다. 낮엔 이것저것 신경 쓸 일이 많고 바쁘다 보니 약간 불편함만 느끼다가 밤이 되어 내 시간을 보낼라치면 어김없이 통증이 휘몰아쳤다. 그럭저럭 견딜 수 있던 통증은 몇 주 만에 참을 수 없는 고통이 되어 있었다. 허벅지가 튼튼한 탓에 평소 발목 한 번 삐끗한 적이 없었는데 관절 부위에 통증이 느껴진다는 건 상상을 초월하는 불편함이었다. 옷을 입고 벗을 수도, 머리를 감으려고 팔을 올릴 수도, 뒷짐을 질 수도 없었고, 가만히 있어도 24시간 내내 지속되는 통증은 견디기 힘든 고통이었다.

아침에는 통증 때문에 잠이 깼다. '악!' 소리와 함께 어깨를 부여잡으며 침대에서 일어나는 일이 일상이 되었다. 그 와중에 다행인 건 해금을 연주하는 자세에서는 통증을 느끼지 않았다. 얼마간 '곧 지나가겠지' 하며 파스만 붙이다가 도저히 견딜 수 없어 집 근처 정형외과를 찾았다. 병명은 '석회성건염'이었다. 처방으로 체외충격파 치료가 권해졌다. 놀랍게도 치료는 어깨에서 느끼던 통증의 곱절이었다. 이를 악물고 울고불고 몸을 뒤틀며 가끔 소리도 지를 정도로 아픈 치료였다. 아침에 치료를 받고 오면 얼마나 진이 빠졌는지 하루종일 쑥대머리를 한 춘향이 모양으로 일과를 겨우 해내곤 했다. 한 주에 두 번씩 몇 주간 치료를 받았다. 전혀 차도가 없었다. 치료비도 부담스럽고 치료 과정이 너무 힘들어서 한의원으로 옮겼다. 한의원에서는 약침 치료가 진행됐다. 겨드랑이에 주사를 맞는 끔찍한 일이 벌어지기도 했다. 매일매일

침을 맞다 보니 그 역시 보통 일은 아니었다. 한의원에서도 차도가 없자 국가공인 지압원을 찾았다. 차도가 있었지만 실손보험이 적용되지 않아 금전적으로 부담이 됐다. 이제 어깨에서 느껴지는 통증보다 병원에 다니며 받는 스트레스가 더 커질 위기였다.

어깨 통증이 너무 심해 괴롭던 어느 날 밤 남편과 집 근처 식물원으로 산책을 나갔다. 큰 호수를 둘러싼 나무 데크를 천천히 걸으며 어느새 나의 일상 속에 파고든 고통에 대해 생각했다. 행복과 고통이 공존하는 것이 인생이라지만 왜 우리는 고통을 더 크게 감각하는 것일까. 수면에 떨어진 가로등 빛이 쓸쓸해서 사진을 한 장 찍어 인스타그램 스토리에 올렸다. 정말 오랜만에 올리는 근황이었다. 건강 상태가 좋지 않음을 알리는 짧은 글과 함께. 고맙게도 안부를 묻는 지인들 가운데 친한 선배 언니와 연락이 닿았다. 무슨 일이냐는 걱정 어린 질문에 자초지종을 설명했다. 언니는 상암동 근처의 병원을 소개해 줬다. 언니도 어깨에 석회가 생겨 고생했는데 그 병원에서 나았다면서. 국악방송 아침 프로그램의 진행자이기도 했던 언니는 상암동 사정에 밝았다. 마침 병원 치료에 회의를 느끼고 통증과 함께하는 삶에 적응하려 맘먹던 차였다.

 통증과 함께한 유난히 힘들었던 투어를 마치고 한국으로 돌아오자마자 언니가 소개해준 병원을 예약했다. 어떤 치료가 이어질지 모른다는 약간의 두려움을 안고서. 진료실에 들어가 그동안의 경위를 설명했다. 제발 이 병원이 마지막이 되기를 바라면서. 6개월의 지난했던 고통의 시간이 파노라마처럼 지나갔다. 선생님은 이야기를 가만히 듣더니 묵묵히 팔을 여러 각도로 움직이며 신음이 어느 각도에서 흘러나오는지를 살폈다. 그러고는 나긋하게 이야기했다. "오십견입니다." 오십견? 오십 살 무렵에 걸리는 병이라서 그런 이름이 붙여졌다는 그 오십견 말인가? 그 순간 내 표정이 어땠을지 이제와 궁금해진다. 아마 길가다 갑자기 뺨을 맞은 사람 같진 않았을까. "일단 엑스레이를 찍고 와서 다시 봅시다." 멍한 표정으로 진료실을 나와 촬영실로 갔다. 옷을 갈아입고 촬영대 앞에 섰다. 뒷짐을 지어보라는 말에 팔이 뒤로 젖혀지지도 않아 그냥 가만히 선 채로 촬영을 하고 다시 진료실에 들어갔다. "석회는 사진에서 잘 보이지 않을 만큼 많은 양은 아닙니다. 그리고 석회로 인해 통증이 발생할 수 있는 각도까지 애초에 팔이 올라가질 않아요. 오십견의 가장 문제점은 '염증'과 '유착'인데 약으로 염증을 가라앉힌 다음에는 어깨뼈와 그 뼈를 감싸고 있는 관절주머니의 유착을 풀어줘야 합니다. 주사 맞으시고 약 처방 드릴 테니 5일 후에 경과를 봅시다." 처방은 생각보다 심플했다. 엉덩이에 맞는 주사도 느낌이 이상한데 어깨에 주사를 맞는 것은 새로운 감각이었다. 어깨에 뻐근하게 약물이 들어오는 게 느껴졌다. 주의사항을 전달받고 물리치료까지 받고 나서야 병원을 나올 수 있었다.

유튜브에는 여러 의사의 오십견 관련 영상이 있었다. 하나같이 오십견은 스트레칭밖에 답이 없다고 했다. 통증이 너무 심할 때 염증을 가라앉히기 위해 주사나 약물 치료를 하고 그 후에는 '무조건 스트레칭'이라는 것이다. 아파도 스트레칭을 하라고 했다. 특정 운동을 하라는 것도 아니고 운동 시작 전에 몸을 풀기 위해 하는 스트레칭이 치료법이라니. 스트레칭만으로 괜찮아질 병이 이렇게나 삶을 힘들게 한다니 기가 막혔다. 그동안 혹시라도 무리가 될까 싶어 팔을 움직이려고도 하지 않았던 지난 시간이 야속했다.

병원을 옮긴 이후에 몰라보게 차도가 있었다. 두 번째 진료를 잡기 전 병원을 소개해준 선배 언니와 약속을 잡왔다. 언니에게 너무 고마웠다. 언니는 어떻게 마침 그 타이밍에 구원의 손길처럼 내 스토리를 본 것일까. 지나간 모든 시간에 의미를 부여하며 약속 장소로 향했다. 언니는 근처 연습실에서 연습하다 나오는 참이라고 했다. 언니를 기다리며 습관처럼 인스타그램을 열었다. 마침 언니가 올린 짤막한 연습 영상이 올라와 있었다. '가야금 기초. 뜯고 퉁기기 연습. 이건 매일매일. 우선 소리가 잘 나야 음악을 하든 말든 하지!'라는 글이 달린 영상에는 언니가 가야금 줄 하나하나를 뜯고 퉁기며 내는 소리가 담겨 있었다. 이거였다. 기본. 몸이나 소리나 언제나 기본이 중요했다. 아픈 곳 없이 멀쩡해야 무슨 일이든 하든 말든 하지! 소리에서 기본기가 얼마나 중요한지는 잘 알고 있으면서 몸은 왜 챙기지 못했을까. 기본기도 훈련하지 않은 채 막무가내로 연주하듯 내 몸을 쓰고 있었구나. 강한 깨달음이 왔다.

연주가 어느 정도 궤도에 오르면 기본기 연습을 건너뛰게 되는 경우가 많다. 그 시간을 건너뛴다 해도 얼마간은 변화가 눈에 띄지 않기 때문이다. 그러나 잘못된 습관과 불량한 음식들이 몸에 차곡차곡 쌓이면 어딘가에 염증을 일으키듯, 기본에 천착하는 태도를 잊으면 소리 역시 어딘가 문제가 발생하기 마련이다. 악기 연주에서 어쩌면 가장 중요하게 거론되기도 하는 톤(음색을 비롯하여 소리가 가지는 질감)은 이 기본에 대한 연습이 가장 잘 드러나는 부분이기도 하다. 음식에 비유하면 좋은 재료가 된다. 훌륭한 요리는 재료가 다 한다는 말도 있다. 좋은 연주 역시 악기가 고유하게 가진 톤의 정서로부터 시작된다. 그래서 요즘은 악기를 구입할 때부터 소리가 만들어진 것을 선호하곤 한다. 그러나 그것은 어디까지나 일시적인 것이고, 결국 고유한 톤을 만드는 것은 연습뿐이다.

나에게도 기본기에 대한 중요성을 잊고 지내던 시기가 있었다. 잠비나이에서 연주하는 음악의 특성상 순간적으로 발현되는 소리의 파편에 집중하거나, 합주 음악이기 때문에 독주로서의 호흡보다는 각 곡에 잘 스며들 수 있는 음색이나 호흡을 선택적으로 사용하는 것이 습관이 되었다. 잠비나이 활동만을 집중적으로 하던 시기였다. 그때 박사과정을 시작하게 되었고 교수님의 조언으로 연주 습관을 다시 돌아볼 수 있게 되었다. 기본에 대한 연습을 놓치고 한정적인 연주만 하다 보니 표현할 수 있는 소리의 폭이 좁아졌다. 톤이 고르지 못하게 된 것이다. 그때부터 기본기 연습을 다시 시작했다. 중학교 때 처음으로 악기를 잡고 소리를 냈던 연습곡부터 다시 연습하기 시작했다. '수연장지곡'이라는 아명을 가지기도 한 「밑도드리」. 연습곡을 떼고 난 후 처음으로 배웠던 연주곡이었다. '도드리'라는 곡명이 가진 의미처럼 시간을 돌고 돌아 도드리를 다시 연습하며 더 많은 장르의 음악의 씨를 뿌리기 위해 소리의 땅 고르기를 했다. 그러면서 전통음악을 돌아보게 되었고 그 중요성을 새삼 깨닫게 되었다. 해금으로 할 수 있는 모든 음악의 근간이 되는 소리, 그 기본을 지키는 것이 곧 내가 더 멀리 나아갈 수 있는 방법이기도 했다.

아직도 왼쪽 어깨의 통증은 옅게 남아 있다. 그리고 어깨의 가동범위 역시 이전과 같아질 수는 없다고 한다. 하지만 어깨에 훈장같이 남겨진 불편함은 어느 때고 기본에 대해 상기하게 한다. 건강할 때 건강을 챙기고 병을 예방하는 것이 가장 좋겠지만 그렇게 미래를 내다보고 철저히 준비할 수 있는 여유를 가진 청춘이 얼마나 될까. 아픈 후에야 몸의 소중함을 돌아보고 돌보는 것은 어리석지만, 우리 몸은 다행히 회복이라는 멋진 기회를 준다. 다시 시작해볼 수 있는 것이다. 조금 늦어도 조금 돌아가도 기본을 지키며 갈 수 있는 지혜를 준 것 같아 십 년이

나 훌쩍 먼저 찾아온 오십견의 방문이 그리 서럽지만은
않다.

뮤직다이어리

2022년 3월부터 국악방송에서 「맛있는 라디오」라는 프로그램을 매일 진행하고 있다. 저녁 6시부터 8시까지 두 시간 동안 청취자들을 만나 소통하던 방송은, 2024년 4월 봄 개편부터는 30분이 줄어들어 6시부터 7시 30분까지 진행한다. 극히 내성적인 성향인 줄 알았는데 누군가에게 말을 건네고 정보를 전달하는 것이 내게 이렇게 잘 맞을 줄이야! 2025년 봄 개편으로 프로그램의 코너들이 모두 바뀌었지만 그 전까지 3년간 이어진 코너들은 여전히 기억 속에 남아 있다.

그중에서도 목요일 코너인 '김보미의 뮤직다이어리'에서는 내가 좋아하는 음악들을 짧은 에세이와 함께 소개했는데, 전부터 좋은 음악을 들으면 참지 못하고 친구들에게 강력하게 추천하던 내 성정과 아주 잘 맞는 코너였다. 그러나 매주 글을 쓰고 그에 맞는 곡을 고르는 일이 쉽지만은 않았다.

사실 나는 타인의 삶에 그다지 관심이 없는 편이다. 누군가 어떤 성취를 이루었어도 '그런가 보다' 하지 그가 어떤 과정을 통해 그런 결과에 도달했는지는 별로 궁금하지 않았다. 결과지향형 인간이었다고도 할 수 있다. 지금도 크게 다르지는 않다. 음악을 하든, 그림을 그리든 작품 자체만을 즐기는 사람이었다. 작품을 보고 느끼는 감정이 중요했고, 내 음악 역시 감상자가 느끼는 온전한 감상만이 의미 있다고 느꼈다. 그래서 이 책을 제안받았을 때도 의문이 들었다. 과연 누가 나의 이야기를 궁금해할까?

의문을 묻어둔 채 글을 쓰는 데 참고하고자 류이치 사카모토의 에세이 『음악으로 자유로워지다』를 읽었다. 그의 음악은 좋아했지만 삶에 대해선 딱히 궁금하지 않았다. 음악 자체만 즐기면 되었으니까. 삶과 음악을 어떻게 문장으로 풀어나가는지에 대해 참고하기 위해 에세이를 읽으면서 아주 특별한 경험을 했다. 비단 그의 삶에 대해 알아가는 것뿐 아니라 그의 음악에도 점점 더 가까워지고 있었다. 그가 어떤 마음으로 음악을 만들었는지, 어떤 환경이 음악을 탄생하게 했는지를 보고 있자니, 그의 음악이 새롭게 느껴졌다. 아니, 내가 그의 음악 안으로 성큼성큼 들어가고 있었다. 그렇게 걸어 들어간 음악 안에서 반대로 나를 바라보게 되었다. 사람들이 왜 에세이를 읽는지 비로소 알게 되었다. 그것은 단지 좋아하고 관심 있는 누군가에 대한 궁금증을 푸는 것만이 아닌, 그의 경우에 빗대어 나의 삶을 반추해보게 되는 것이었다. 더군다나 음악을 그렇게 깊이 들으니 감상이 완전히 달라졌다. 누군가의 경험이 음악에 실려 전달될 때 감상자에게 얼마나 특별해질 수 있는지. 그런 의미에서 '김보미의 뮤직다이어리' 코너를 통해 삶의 이야기 한 토막과 함께 전하는 음악 한 곡이 청취자들에게 어떻게 닿을지는 알 수 없지만 분명 전과는 느낌이 달라졌을 거라 생각한다. 그렇게 일주일에 한 곡씩 청취자들에게 소개해온 시간이 제법 쌓였다.

일주일에 한 곡을 선정하고 청취자들에게 관련한 일화 또는 음악에 대해 느끼는 감상을 들려주기 위해 글로 적어 내려가는 과정은 전부터 알고 있던 음악을 또 한 번 새롭게 느끼게 했다. 가슴으로만 느끼던 음악의 매력을 언어로 표현할 때, 적확한 표현이 떠오르지 않아 고심하는 일이 빈번해졌다. 내가 느끼는 감정의 다채로움을 하나의 어휘로 나타낸다는 건 얼마나 어려운 일인가. 더구나 원고를 작성하기 위해 오래전에 좋아했던 음악을 오랜만에 들으면 새로운 감상이 느껴지기도 했다. 어떤 곡은 예전만큼 매력적이지 않기도 하고, 어떤 곡은 그 정도까지는 아니었는데 믿을 수 없이 마음에 닿기도 했다. 사람과의 관계에 있어서만 타이밍을 논할 것이 아니다. 예술 작품도 우리에게 오는 타이밍이 있다. 그렇게 오래 묵은 감정과 새롭게 만나는 감정이 뒤섞인 음악들을 소개하다 보면 어쩐지 내밀한 속마음을 들키는 것 같아 스튜디오에 혼자 앉아 얼굴이 발그레해질 때도 있었다. '봄디의 설명 또는 추억과 함께 들으니 음악이 다르게 들린다'라는 청취자들의 사연은 고심하여 선곡하고 한 자 한 자 써 내려가는 시간을 의미 있게 만들었다. 음악이 다르게 들리는 그 순간을 경험했을 누군가에게는 그때부터 곡에 대한 기억이 하나 더 생기는 것일 테다.

가끔 라디오에서 마지막 진행을 마치는 진행자들이 오열을 쏟아내는 모습을 보면 이해하지 못했었다. 대면하는 것도 아닌데 무슨 추억과 정이 그리도 쌓여 저렇게 아쉬워한담? 나는 라디오 세대보다는 TV 세대에 가까워 라디오에 대한 애틋한 감성은 없는 편이다. 청취 경험이 많지 않았기에 그 진행자들의 눈물의 면면을 헤아리기가 어려웠다. 그러나 이제는 확실히 안다. 라디오만의 매력을. 하루도 빠짐없이 사연을 남겨주고 안부를 물어오고 안녕을 기도해주는 고마운 인연들의 마음을. 매일 같은 시간에 같은 방송을 듣는 일은 어쩌면 프로그램의 재미 너머로 서로의 애정과 안부를 확인하는 일이 아닌가 싶다. 얼굴은 모르지만 그들의 정체성이 되어버린 익숙한 전화번호 뒷자리들에 '나는 안녕합니다, 당신은 안녕하신가요?'라고 되뇌며 눈으로 가만가만 사연을 훑어나가다 보면 모니터 너머로 존재하는 그들과의 사이가 부쩍 가까워진다. 일상을 공유한다는 건 가족과 마찬가지인 셈이다. 그들은 목요일 늘 같은 시간에 내 삶의 한 조각을 그렇게 나누어 가졌다. 아마 나와 나누어 들었던 그 음악이 더욱 특별해졌으리라 믿는다.

추억을 나누며 듣는 음악도 다르게 다가오지만, 전문적인 해설을 듣고 경험하는 음악 역시 다르게 다가온다. 10년 전쯤, 성남시립국악단에 근무하는 친한 친구의 초대로 지휘자 금난새가 이끄는 성남시립교향악단의 연주를 본 적이 있었다. 좋아하는 라흐마니노프 피아노 협주곡 2번의 연주가 예정되어 있었기에 기대하며 성남아트센터로 걸음했다. 좌석은 2층 끝자리였다. 단원들의 정수리가 겨우 보이는 자리였다. 멀미가 날 것 같은 위치였기에 공연에 집중하긴 글렀구나, 생각했다. 금난새 지휘자의 공연은 본 적 없었지만 금난새를 모르는 대중은 거의없을 정도로 그는 왕성한 활동을 했다. 유명한 지휘자를실제로 본 것만으로도 신났다.

공연이 시작되니 엄숙한 클래식 공연장에 친절한 해설이 찾아왔다. 교향곡은 긴 시간 이어지는 작품을 관통하는 주제선율이 있다. 악장마다 주제선율이 여러 악기의소리로 표현되고 그 조성이나 리듬을 바꾸기도 하면서곡의 서사를 만들어간다. 금난새 지휘자는 그날 연주의1부에서 해설이 있는 공연을 보여주었다. 작곡가가 어떤의도로 주제선율을 만들었고, 어떤 악기를 통해 구현했으며, 악곡의 곳곳에 어떤 모습으로 숨겨놓았는지를 단원들의 간단한 시연과 함께 들려주었다. 언젠가 들어본 곡이었지만 달리 감흥을 느끼지 못했던 곡인데 설명과 함께들으니 악곡이 전과는 다르게 다가왔다. 이렇게 재밌는 클래식 감상이라면 마다할 이유가 없지 않은가. 그의 공연이 늘 매진 사례를 일으켰던 이유를 비로소 알게 됐다.

예술을 느끼는 영역은 굉장히 사적인 부분이라 생각한다. 설사 창작자가 의도한 대로 그 의미가 전달되지 않았다 해도 작품을 보거나 듣고 느끼는 감정에 대한 방향성을 강요할 수는 없다. 그러나 순수예술의 경우, 우리가 생활 속에서 곁에 두고 살기는 어렵기 때문에 작품을 감상하려 할 때 위압적이거나 어느 정도의 벽을 느끼게 되는 게 사실이다. 그럴 때 약간의 가이드만 있어도 우리는 능동적으로 작품을 감상할 수 있게 된다. 능동적 감상과 수동적 감상. 이 두 가지의 경우 피부로 느끼는 물리적 자극은 같을지언정 영혼에 남는 잔상은 그 깊이가 달라질 수 있다. 어떤 경우는 안내 없이 접한 첫 경험에서 첫눈에 반하는 것처럼 능동적으로 빠져들 수도 있겠지만 그런 경우는 흔치 않다. 그렇다면 안내를 통해 능동적 감상으로 건너오게끔 견인해주는 것이 전문가들 또는 먼저 감상한 자들의 할 일이 아닐까. 그런 생각을 하면 2시간 가까운 방송 시간이 더 무겁게 다가온다. 하나의 작품이 누군가의 인생을 바꿔놓을 수도 있다는 것을 직접 경험했기 때문에.

두 줄 사이를 오가며

바깥줄과 안줄, 두 줄 사이를 오가는 해금의 활처럼 나는 언제나 두 세계 사이를 서성인다.

전통음악 공연이 있는 날이면 전날 밤부터 분주하다. 한복을 다리고 쪽머리 가체와 비녀를 점검한다. 노리개나 머리꽂이 등의 장신구를 착용하는 날이면 노리개의 술이 헝클어지진 않았는지 머리꽂이의 보석이 떨어지진 않았는지도 함께 살핀다. 공연 날은 좀 더 일찍 일어나 머리 세팅을 시작한다. 가르마가 반반으로 정확하게 잘 갈라진 날은 느낌이 좋다. 삐져나온 잔머리가 없도록 꼼꼼하게 빗어 넘겨 스프레이로 고정해 귀 뒤로 넘겨 묶고 나면 새로운 자아로 태어나는 것 같은 느낌이 든다. 착용하는 복장에 따라 행동하게 된다고 하는데 머리가 완성되고 나면 이미 절반의 단아함은 갖춘 상태라 그때부터는 괜히 발걸음도 신중해진다. 긴 한복이 구겨지지 않게 머리 위로 높이 쳐들고 공연장으로 향한다. 속바지부터 속치마, 치마, 저고리 순으로 갖춰 입고 쪽머리 가체를 올리고 비녀를 꽂으면 비로소 무대에 오를 준비가 끝난다. 한복을 갖춰 입는 것은 연주하기 전 음악에 대한 마음을 정갈히 하는 것과도 같은 느낌이다. 어쩌면 속바지를 입는 순간부터 연주가 시작되는 것은 아닐까.

전통음악 무대에 오르기 위한 이 일련의 과정을 좋아한다. 잠비나이 공연을 준비하는 것과는 달리 엄격하고 번거로운 면이 있지만 서로 상반되는 두 매력이 나에게 묘한 일탈감을 가져다준다. 단아하게 한복을 갖추고 공연한 바로 다음 날이라도 풀어헤친 머리로 헤드뱅잉을 하게 되니 말이다. 잠비나이 공연을 할 때는 의상이 한결 편하다. 일상복을 입고 표현하고 싶은 대로 표현한다. 머리를 흔들고 싶으면 흔들고 왈칵 눈물이 차오르면 눈물을 흘리기도 한다. 다리를 박차며 연주하기도 하고 해금을 흔들며 연주해도 혼나지 않는다. 단호하리만치 정갈한 한복을 입고 연주하는 음악은 복식만큼 정돈되어 있고 기품을 품고 있어야 하지만, 머리카락을 흩날리며 포효하는 음악은 그런 틀을 보기 좋게 깨부순다. 두 음악 모두 내가 연주하는 음악이고, 나의 해금은 두 음악 모두를 오간다.

한창 공연이 많은 시기에는 한복과 이펙터가 어지럽게 방에 흩어져 있다. 문득 이질적인 느낌이 들어 가만히 바라보면 내가 누구인지 그 물건들이 대신 말해주는 듯하다. 사람들이 나를 볼 때도 이런 느낌일까. 이렇게 헝클어져 정돈되지 않은 어딘가 찌그러진 모습으로 보일까. 이런 생각은 새로운 곡을 만드는 것으로 이어졌다.

2020년 12월 오디오가이에서 있었던 3현3색 공연을 위해 곡을 만드는 중이었다. 작업실이 따로 없어 공연을 준비하거나 곡을 쓸 일이 있으면 주로 방 안에 이펙터를 늘어놓고 얼마간 생활한다. 세계 여러 공연장의 바닥을 쓸고 다녔던 이펙터와 케이블들이 조그만 방 안에 꾸역꾸역 채워진다. 3현3색 공연을 준비하던 때도 마찬가지였다. 침대와 책장 사이, 좁은 공간에 이펙터 더미가 둥지를 틀었다. 지저분한 꼴은 못 보는 성격이지만 참아내지 않으면 곡 작업을 할 수가 없다. 스피커에 바로 연결할 수 있는 전자해금을 이펙터와 연결한 후, 시끄러운 소리로 이웃에게 피해를 주지 않게끔 적절한 볼륨을 찾는다.(얼마전에 새로 구입한 이펙터는 이어폰으로 출력할 수 있기에 이런 고민에서 완전히 해방됐다.)

곡을 만드는 작업은 여러 가지 영감을 마주하는 것으로 시작된다. 좋은 소재가 떠오르면 핸드폰 메모장에 여러 생각을 써놓기도 하고 녹음 버튼을 눌러 흥얼거리며 기록하기도 한다. 다시 들어보면 민망한 것들이 대부분이지만. 여러 가지 기록들을 들춰보며 그날의 감성과 잘 붙는 소재를 선택한다. 앞뒤로 발전시키며 멜로디를 이어 붙이다 도저히 안 풀리면 거기서 멈춘다. 그리고 다음 날 혹은 다다음 날 다시 들춰본다. 며칠 동안 그런 식의 작업을 오갔다. 이렇다 할 결과물은 나오지 않는 날들이 이어졌다. 그 무렵 박사과정 마지막 학기의 연주도 함께 준비했다. 이펙터가 어지럽게 흩어진 자리에 앉아 산조를 연습했다. 그러다 곡을 쓰고, 곡을 쓰다 산조를 연습하는 날들이었다.

어느 날 그 상황이 퍽 우습게 느껴졌다. 두 장르의 음악을 한다 해서 이것도 저것도 아닌 연주를 하고 싶진 않다. 늘 그렇다. 두 장르 모두 최대한 깊게 몰입하고 탐구하려고 한다. 설사 그 결과물이 다수가 이야기하는 정답에 근접하지 못해도 언제나 진심으로 연주에 임한다. 두 음악에 이렇게 진심이지만 이펙터 앞에 앉아 산조를 연주하는 모양새처럼 사람들에게 내 연주가 우스워 보이지는 않을까? 나는 어떤 사람일까.

문득 '굴절'이라는 단어가 떠올랐다. 그 단어가 나를 꼭 맞게 표현하는 것처럼 느껴졌다. 투명한 물이 담긴 수조에 나무 막대를 넣으면 구부러져 보인다. 빛의 속력이 공기에서보다 물에서 더 느리기 때문이다. 이런 현상을 우리는 굴절이라 부른다. 인터넷에 굴절에 대해 찾아봤다. 사전적 의미들이 화면 위로 빠르게 나열되던 중 '굴절의 법칙'이라는 학술용어가 눈에 띄었다. 우리가 알고 있는 굴절의 원리를 학문적으로 정리한 이론이었다. 나는 새로 만드는 곡에 '굴절의 법칙'이라는 이름을 붙여주었다. 어떤 물질이 서로 다른 물리적 환경을 통과하면 구부러져 보이는 굴절의 법칙처럼 사람들에게는 쪽머리와 한복을 단정히 하고 전통음악을 연주하는 김보미와 가죽자켓을 입고 풀어헤친 머리를 흔들며 현재의 음악을 하는 김보미가 어쩌면 굴절되어 보이기도 할 것이다. 그러나 굴절하는 어떤 물질도 본래 지닌 성질은 변하지 않는 것처럼 두 음악을 오가는 나 역시 같다. 제목을 정하고 나니 곡이 금방 완성되었다.

여러 정체성을 장착해야 하는 것은 비단 나뿐만이 아닐 것이다. N잡러, 본업, 부캐라는 말을 이제 일상적으로 사용할 만큼 우리는 두 가지 이상의 자아로 생활한다. 여러 개의 자아를 오가며 어느 것도 부족하지 않게 해내고 싶지만 몸이 하나인 우리가 쓸 수 있는 에너지는 한정되어 있다. 이럴 때는 무엇보다 서로 간의 균형을 적절히 잡는 것이 중요하다.

언젠가 친구가 그런 말을 한 적이 있었다. "좀 내려놔. 너 그러다 죽어. 네가 생각하는 것만큼 세상은 너한테 관심 없어." 지금도 왕성히 활동하는 친구의 말은 신의 계시처럼 내 삶의 방향을 틀었다. 나는 늘 완전히 완벽한 상태를 추구했다. 실수는 사형선고와도 같았다. 그래서 만약에라도 일어날 수 있는 무대 위에서의 모든 실수를 차단하고자 공연을 앞두고 있을 때면 뭐에 홀린 사람처럼 악기를 붙잡고 있다. 그리고 그것은 불안과 공포를 동반했다. 즉흥음악 공연에도 연주할 수 있는 모든 경우의 수를 준비했다. 마치 무균실의 생물처럼 어떠한 균도 연주에 침투하지 못하도록 준비했다. 그러나 그렇게 성장하면 오히려 균에 더 취약하다는 것을 우리는 알고 있다.

적절한 균은 우리를 더 건강하게 만든다. 나는 무대뿐 아니라 삶에서도 줄곧 그런 상태였다. 조금의 실수도 허용하지 않는 상태.

그 무렵 그 친구와 6주 정도 함께 라디오 방송을 진행했다. 방송과 더불어 개인적으로 박사과정 입시와 문화유산 이수시험 등 여러 가지 이슈가 있는 시기였다. 무더위까지 기승을 부리던 8월 한여름이었다. 그날 역시 악기를 라디오 스튜디오까지 들고 와서 다 외운 악보를 보고 또 들여다보고 있었다. 늘 내 말 앞에 들러붙던 '만약에' 때문이었다. 친구는 나를 보더니 혀를 끌끌 찼다. 못하는 사람도 아니면서 불안이 과하다는 것이었다. 사실 나도 알고 있었다. 내가 잘 해내리라는 것을. 그러나 늘 '만약'이 발목을 잡았다.

그날도 친구에게 말했다. "만약에 틀리면 어떡해?" 그랬더니 친구가 "틀리면 그날은 '에이~ 오늘은 틀렸네' 하는 거지 뭐. 사람들이 너 틀린 거 평생 기억하고 그럴 정도로 너한테 관심 없다. 좀 내려놔. 너 그러다 죽어"라고 말했다. 웃으면서 가볍게 던진 말이었다. 그때 내 앞에 버티고 있던 벽이 무너지는 것 같은 느낌이 들었다. 마침 과로로 링거 투혼을 하던 중이었다. 그 후로 조금씩 내려놓는 연습을 했다.

일단 '틀려도 괜찮아'로 시작했다. 그 말을 하기 시작
하고 보니 내가 나에게 괜찮다는 말을 해준 적이 없다는
것을 알게 됐다. 스스로에게 위로를 전하는 것은 생각보
다 큰 힘이 됐다. 그리고 걱정했던 것처럼 무대 위에서
실수하는 일은 벌어지지 않았다. 내가 만들어온 시간이
나름대로 탄탄했던 거다. 비로소 '나를 믿어도 되겠구나'
싶은 생각이 들었다. 늘 걱정하던 '만약'이 찾아와도 말
이다. 내려놓아도 괜찮다는 것을 내려놓기 전에는 절대
알 수 없으니 인생은 참 가혹하다. 스스로를 믿고 그 벽
을 넘어야만 확인할 수 있는 것이다.

그 후로 나는 무대를 준비할 때의 에너지와 일상에서
필요한 에너지를 적절하게 안배할 수 있게 되었다. 최선
을 다하되 균형을 잡는 것을 해낼 수 있게 된 것이다. 그
리고 일상의 에너지를 끌어다 써야 할 정도로 고되거나
스트레스를 받을 일 같다면 과감히 포기하는 용기도 갖
게 되었다.

해금을 연주할 때도 마찬가지다. 바깥줄과 안줄 즉, 유
현과 중현의 균형을 잡는 것이 중요하다. 문을 밀고 당
길 때 작용하는 힘의 세기가 다른 것처럼, 바깥줄을 연주

할 때의 미는 힘이 안줄을 연주할 때 당기는 힘보다 자연스럽게 세게 발생하기 때문에 늘 바깥줄은 안줄보다 맑고 큰 소리를 낸다. 그러니 바깥줄에서 안줄로 이어지는 선율을 연주할 때는 무엇보다 두 줄을 오가는 음색과 음량이 일정하게 유지될 수 있도록 훈련하는 것이 중요하다. 또, 한 번의 활질로 몇 개의 음이 연결된 선율을 연주할 때 음들이 가진 길이에 따라 활의 길이를 적절히 안배하지 못하면 그 선율이 가진 아름다움을 온전히 드러낼 수 없다. 앞부분에 배치된 음에 너무 많은 활을 쓰게 되면 뒷부분에 배치된 음의 표현이 짧아지고 반대의 경우도 마찬가지다. 그러므로 모든 음의 표현을 풍성히 할 수 있는 최적의 보우잉(Bowing) 속도를 찾는 것이 연습에서 매우 중요하다.

해금을 연습할 때 그토록 당연하게 생각하던 '균형'이라는 의미를 일상으로 끌어오기 시작하면서 비로소 안정을 찾았다. 연주자라는 하나의 자아에 너무 많은 에너지가 기울어진 채 일상을 돌보지 못했던 과거를 거울삼는다. 전통음악과 현대음악 사이를 오가는 것도 마찬가지다. 각 음악이 가진 매력은 반대편에 자리한 서로에게 양분이 된다. 나의 음악 세계에서 이 둘 사이를 적절한 균

형으로 오가는 것은 이제 아주 당연하고도 중요한 일이
되었다. 지금도 저마다의 두 줄 사이에서 균형을 잡으려
애쓰며 살아가는 모든 이들에게 찬사를 보낸다.

감사의 말

처음으로 내 이야기가 담긴 책을 만든다는 것이 마냥 즐거운 일인 것만은 아니었다. 지금까지 써본 글이라고 는 딱딱한 논문이나 SNS상의 짤막한 끄적임이 전부였던 지라 긴 호흡의 글을 쓴다는 것은 퍽 어려운 일이었다. 그럴 때마다 스트레스에 종종 짜증을 부려도 언제나 한 결 같은 다정함으로 힘이 되어준 나의 안식, 남편에게 가 장 깊고 큰 사랑과 감사를 전한다. 달콤한 채찍이 되어준 가족들과 친구들, 바쁘신 와중에 귀한 시간을 내어 추천 사를 써주신 이승윤 님, 보잘것 없는 글이지만 세상 밖으 로 불러내준 김소영 님, 이 책에 적힌 수많은 고행의 시 간을 함께 걸어온 잠비나이 멤버들과 김형군 대표님, 조상현 감독님께 깊은 존경과 사랑을 보낸다. 끝으로 어느 자리에서 어떤 모습으로든 성실한 하루를 빚어가는 여러 분께 경의를 표하며 무한한 응원을 보낸다.

음악을 한다는 것은

ⓒ 김보미 2025

초판 발행 2025년 5월 23일

지은이 김보미

책임 편집 허영수
디자인 이강효
마케팅 이보민 양혜림 손아영

펴낸곳 (주)북하우스 퍼블리셔스 **ㅣ 펴낸이** 김정순
출판등록 1997년 9월 23일 제406-2003-055호
주소 04043 서울시 마포구 양화로 12길 16-9(서교동 북앤빌딩)
전화 02-3144-3123 **ㅣ 팩스** 02-3144-3121
전자우편 editor@bookhouse.co.kr **ㅣ 홈페이지** www.bookhouse.co.kr
인스타그램 @bookhouse_official

ISBN 979-11-6405-319-3 03810